SAN FRANCISCO BAY
Fisherman's Wharf
Van Ness Ave
Lombard St.
RUSSIAN HILL
Washington Sq.
Kearny St.
Broadway
NOB H.
Sacramento St.
Chinatown
Downtown
Japan-town
Civic Center
Market Street
Brannan Street
mo Square
Ferry Building
Bart

RAINER M. SCHRÖDER

Privatdetektiv Mike McCoy

Die Mafia läßt grüßen

Sein erster Fall

Schneider-Buch

Inhalt

Schreck in der Abendstunde

Fast lautlos rollte der schwarze Cadillac in San Francisco über die belebte Columbus Avenue ins Zentrum von Little Italy und bog in eine etwas ruhigere Seitenstraße ein. An den dunklen, getönten Scheiben der Luxuslimousine glitten kleine Geschäfte und Werkstätten vorbei sowie Hausfassaden, die vom überwiegend rostigen Gestänge eiserner Feuerleitern verunstaltet wurden.

„Fahr langsam!“ wies Enrico Calese seinen Bruder Roberto an. „Wir sind gleich da.“

Roberto nahm den Fuß vom Gaspedal. „Heute ist dieser lausige Ölschmierer reif!“

„Sofern er nicht zahlen kann", meinte Enrico einschränkend.

Roberto lachte kurz und verächtlich. „Nicht einen müden Hunderter wird er zahlen können. Nein, diesmal ist er reif für unsere Spezialbehandlung." Ein unangenehmes Lächeln huschte über sein Gesicht. „Der Boss hätte uns längst freie Hand geben sollen. Für meinen Geschmack hat er sich schon viel zu lange von Lucky hinhalten lassen."

Enrico zuckte mit den Achseln. „Ist nicht unser Bier. Der Boss weiß schon, was er tut."

„Sicher", murmelte Roberto wenig überzeugt.

Auf der rechten Straßenseite tauchte nun eine Autowerkstatt auf, die aus zwei einfachen, schon angejahrten Flachbauten bestand. Die Werkstatt selbst lag im linken Teil, wo zwei große Rolltore fast die gesamte Vorderfront einnahmen. Büro und Ersatzteillager waren rechts davon untergebracht. Über der Tür zum Büro hing ein Schild mit der schon verblichenen Aufschrift: *Lucky Manzoni's happy garage.*

„Wenn wir mit dem Burschen fertig sind, wird er kaum noch Grund haben, sich Lucky zu nennen", meinte Roberto mit hämischer Vorfreude und hielt. Der Motor erstarb.

„Warten wir es ab", dämpfte Enrico seinen Bruder.

Die Dunkelheit lag schon über der Stadt am Pazifik, doch der Abend hatte an diesem ungewöhnlich heißen Augusttag nicht die erhoffte Abkühlung gebracht. Und so schlug ihnen die Hitze wie eine mächtige Woge entgegen, als sie nun aus dem klimatisierten Cadillac stiegen.

Ohne Eile überquerten sie den Vorplatz und gingen auf das eine offenstehende Rolltor zu. Im Innern der Werkstatt brannten die Neonleuchten, und Radiomusik drang zu ihnen in die Nacht hinaus.

Die beiden Gangster trugen helle Sommeranzüge, die gewiß nicht von der Stange waren. Eine gute Portion Pomade ließ ihr schwarzes, volles Haar schimmern, und die Lackschuhe glänzten im Licht der Straßenbeleuchtung.

Wenn nicht die harten, brutalen Gesichtszüge und die Ausbuchtungen ihrer im Achselholster steckenden Revolver gewesen wären, hätte man sie glatt für zwei erfolgreiche Geschäftsleute halten können, die vorhatten, sich einen netten Abend zu machen.

Erfolgreich waren sie wirklich, wenn auch auf ihre Art. Doch was sie an diesem Abend auszuführen gedachten, war alles andere als nett.

Enrico und Roberto wußten genau, was sie zu tun hatten und wie sie es anpacken mußten. Sie waren ein perfekt aufeinander eingespieltes Team. Als sie durch das Tor traten, erfaßten sie mit einem Blick die zwei Beine, die unter einem rostigen, blauen Buick hervorragten. Die Schuhspitzen bewegten sich im Takt der Musik, die aus dem Kofferradio drang, das auf einem Werkzeugkasten stand.

Die Brüder sahen sich kurz an und nickten sich zu. Luciano Manzoni hielt sich allein in seiner Werkstatt auf, wie sie es erwartet hatten. Ihrer „Unterhaltung" mit ihm stand somit nichts im Wege.

Enrico drückte neben dem Eingang einen Knopf, der die Automatik für das Rolltor in Gang setzte. Rasselnd und quietschend glitt es in den Leitschienen herunter.

„He, was soll der Unsinn?" rief Lucky Manzoni unwillig, ließ den schweren Schraubenschlüssel fallen und kroch unter dem Wagen hervor. „Es ist hier schon heiß ge . . ." Mitten im Satz brach er ab, als er die berüchtigten Calese-Brüder erblickte.

Hastig kam er hoch.

Lucky Manzoni war Anfang Dreißig, von stämmiger, untersetzter Gestalt und hatte dunkles, krauses Haar, das sich jedem Bändigungsversuch durch Kamm oder Bürste erfolgreich widersetzte. Unter buschigen Brauen lagen lebhafte, fröhliche Augen, in denen nun Erschrecken aufflackerte.

„Wir wollen dich nicht zu lange von deiner Dreckarbeit abhalten", begann Roberto geringschätzig. „Rück die tausend Flöhe raus, die du unserem Boss schuldest, und du kannst dich wieder deinen Öltöpfen widmen."

Lucky schluckte schwer. „Tausend Flöhe, wie? ... Hört mal ..., ich ... äh ... ich brauch einfach noch etwas Zeit, um das Geld aufzutreiben."

„Ich wußte es doch!" triumphierte Roberto.

Enrico zog in gespieltem Erstaunen die Augenbrauen hoch. „Willst du uns erzählen, daß du den Kies noch immer nicht zusammengekratzt hast, obwohl dir der Boss eine Woche Fristverlängerung gegeben hat?" fragte er mit gefährlich ruhiger Stimme.

Lucky brach der Schweiß aus. „Ich ... ich hatte eine verdammte Pechsträhne. Mein Gott, das kann doch jedem mal passieren, oder? Don Lucco braucht sich wirklich keine Sorgen zu machen. Ich bezahle schon."

Roberto lächelte hinterhältig. „Wenn du wüßtest, wie wenig wir uns darüber Gedanken machen, Lucky."

„Ich habe noch immer gezahlt!" stieß Lucky mit wachsender Angst hervor. Wußte er doch, was ihn erwartete. Fieberhaft überlegte er, wie er ihnen entkommen konnte. Doch sie hatten ihn in der Zange. Hinter ihm war die Wand ... „Es dauert diesmal nur etwas länger ..."

Enrico schüttelte den Kopf und seufzte. „Lucky, ich glaube, du bist reif."

„Nein!" schrie Lucky entsetzt auf, als Roberto das Radio nun auf volle Lautstärke drehte. „Was habt ihr davon, wenn ihr mich krankenhausreif schlagt? Davon bekommt Don Lucco sein Geld doch auch nicht schneller – im Gegenteil!"

„Das mag schon sein", gab Enrico gelassen zu. „Aber wenn wir dir keine Lektion erteilen, glauben andere Typen von deiner Sorte, die dem Boss Geld schulden, sie könnten es auch so machen wie du. Und das wäre geschäftsschädigend. Dafür wirst du doch Verständnis haben, nicht wahr? Es ist wirklich nicht persönlich gemeint", verhöhnte er ihn.

Lucky war so blaß geworden wie die Wand in seinem Rücken. Er konnte ihnen nicht entkommen. Das wußte er. Aber in seiner panischen Angst versuchte er es dennoch. Er duckte sich und sprang vor, wollte rechts an Enrico vorbei.

Der Gangster hatte damit gerechnet. Blitzschnell schoß seine Hand vor. Mit fast spielerischer Leichtigkeit bekam er Lucky am Overall zu fassen, riß ihn herum und schleuderte ihn zurück gegen die Wand.

„Lucky, ich hätte dich für einsichtiger gehalten", meinte Enrico kopfschüttelnd. „Sieht so aus, als müßten wir es nun auf die ganz rauhe Tour machen, nicht wahr, Roberto?"

Roberto grinste. „Überlaß ihn mir, Rico!"

Schützend riß Lucky die Arme vor das Gesicht. Seine einzige Hoffnung war, daß er schnell das Bewußtsein verlor. Er wartete auf den ersten Schlag und den Schmerz, der darauf folgen würde. Doch anstelle seines eigenen Schreies hörte er plötzlich eine schneidende Stimme.

„Hoch mit den Patschhändchen, Roberto! Eine dumme

Bewegung, und du hast Durchzug in der Lunge. Dasselbe gilt auch für deinen sauberen Bruder."

Roberto erstarrte, als er die Stimme hinter sich vernahm und im selben Moment etwas Hartes, Rundes zwischen seinen Schulterblättern spürte. Zögernd streckte er die Hände hoch, während ein ungläubiges Staunen auf sein vernarbtes Gesicht trat.

Lucky ließ die Arme sinken. Er war nicht wenig überrascht, als er die sportliche, hochgewachsene Gestalt seines Freundes Mike McCoy hinter Roberto erblickte. Unendliche Erleichterung durchströmte ihn.

„Mike . . . Dich hat der Himmel geschickt!" stieß er mit einem schweren Seufzer hervor, und seine Beine zitterten vor Schwäche. Er war noch mal davongekommen. Diesmal.

Ein gefährliches Spiel

Mike McCoy spielte ein gefährliches Spiel. Das, was er Roberto zwischen die Schulterblätter drückte, war nicht etwa der Lauf eines Revolvers, sondern ein etwa handlanges Stück Rohr. Als er die Werkstatt durch die Hintertür betreten und gesehen hatte, in welcher Gefahr Lucky schwebte, war nicht viel Zeit für großartiges Pläneschmieden gewesen. Sein Blick war auf das Stück Eisenrohr gefallen, und er hatte zugegriffen und gehandelt.

Jetzt kam es darauf an, die Gangster lange genug zu bluffen, um ihnen die Revolver abnehmen zu können. Glücklicherweise hatte er sich in seinem Beruf als Privatdetektiv eine

gewisse Übung im Bluffen angeeignet.
„Hoch mit den Flossen, Freundchen . . . Höher!" herrschte er Roberto an. „Sonst bekomme ich das unangenehme Zucken im rechten Zeigefinger!"
Mit knirschenden Zähnen folgte der Gangster dem Befehl. Und mit einer flinken Bewegung griff McCoy nun nach dem Revolver, den Roberto im Holster unter der linken Achsel trug.
Enrico, der rechts von seinem Bruder stand, erkannte im Bruchteil einer Sekunde, daß er jetzt handeln mußte, wenn er die Situation wieder in den Griff bekommen wollte. Seine Hand zuckte unter das Jackett hoch zur Waffe.
Mike McCoy sah es aus den Augenwinkeln. Er bekam Robertos Revolver zu fassen, riß ihn heraus, stieß den Gangster aus dem Weg und wirbelte zu Enrico herum.
Enrico hatte seinen 38er schon gezogen. Doch er war nicht schnell genug. Das Eisenrohr in McCoys Hand sauste durch die Luft und traf Enricos Handgelenk mit voller Wucht.
Der Gangster gab einen gellenden Schrei von sich. Er taumelte mit schmerzverzerrtem Gesicht zurück, während der Revolver seiner plötzlich kraftlos gewordenen Hand entglitt und zu Boden polterte.
Mit der Schuhspitze stieß McCoy die Waffe zu Lucky hinüber, der sich schnell bückte und sie an sich nahm.
„Schluß der Vorstellung!" rief Mike McCoy warnend und hielt die Brüder mit vorgehaltener Waffe in Schach. „Verzieht euch!"
Roberto funkelte ihn mit unverhohlenem Haß an, während Enrico sein schmerzendes Handgelenk massierte. Er musterte McCoy, als wollte er sich jeden einzelnen Gesichtszug für alle

Ewigkeit einprägen. Sein Blick glitt über das von der Sonne blond gebleichte Haar des Privatdetektivs, verharrte kurz bei den blauen, wachsamen Augen, wanderte dann über das gutaussehende Gesicht mit dem nun spöttischen Mundzug und nahm schließlich die sehr legere, sportliche Kleidung und die schon reichlich abgelaufenen Tennisschuhe wahr.

„Mike ... Mike McCoy, der Schnüffler, nicht wahr?“ fragte Enrico grimmig. „Ich schätze, du weißt gar nicht, was für ’nen Ärger du dir einhandelst, Mann. Ich geb dir einen guten Rat, der dich noch nicht mal einen Cent kostet: Rück die Revolver wieder raus und mach ’ne Mücke! Dann will ich vergessen, daß du dich unbeliebt gemacht hast. Ansonsten ...“

„Spar dir den Atem“, erwiderte McCoy kühl. Ohne die beiden aus den Augen zu lassen, ging er zur Schalttafel und betätigte die Öffnungsautomatik für das Tor. „Verschwindet, ehe ich es mir anders überlege und ernstlich ungemütlich werde!“

Enrico sah ihn einen Moment schweigend an. „Okay, diese Runde geht an dich, McCoy. Aber wir sehen uns wieder, Schnüffler!“

„Ich zittere schon vor Angst“, gab McCoy gelassen zurück.

Ohnmächtige Wut sprühte aus Robertos Augen. „Du wirst es noch bereuen, für diesen Ölschmierer den Kopf hingehalten zu haben!“ fauchte er und deutete auf Lucky.

„Das wäre nicht das erstemal“, sagte McCoy trocken.

„Komm, gehen wir“, knurrte Enrico, warf McCoy und Lucky einen finsteren, drohenden Blick zu und verließ mit seinem vor Wut kochenden Bruder die Werkstatt.

Mike McCoy behielt sie im Auge, bis sie mit ihrem Straßenkreuzer außer Sichtweite waren. Dann sicherte er den Revolver und drehte sich zu Lucky um. Ein ärgerlicher Ausdruck beherrschte sein Gesicht. „Kannst du mir mal erklären, was dieser Tanz gerade zu bedeuten hatte? Seit wann machst du mit solchen Ganoven Geschäfte?"

„Ich mache keine Geschäfte mit ihnen", erklärte Lucky und wischte sich kalten Angstschweiß von der Stirn. Der Schreck saß ihm noch tief in den Gliedern. „Ich hab nur einen dummen Fehler gemacht."

„Aber nein, was du nicht sagst!"

„Na ja, ich hatte mir von Don Lucco kurzfristig fünfhundert Dollar geliehen ...", begann Lucky kleinlaut.

„Von diesem berüchtigten Kredithai und Mafioso?" fiel Mike McCoy ihm ungläubig ins Wort. „Allmählich zweifle ich an deinem gesunden Menschenverstand!"

„Mein Gott, ich brauchte das Geld!" verteidigte sich Lucky gestenreich. „Wenn alles geklappt hätte, hätte ich ihm die fünfhundert Mäuse samt den Zinsen schon am nächsten Tag auf den Tisch blättern können."

„Wenn *was* geklappt hätte?"

Lucky wand sich unter dem durchdringenden Blick seines Freundes. „Na ja, dieses Pferderennen vor zwei Wochen eben. Hatte da einen ganz heißen Tip bekommen. Ein Außenseiter, *Flying Star,* sollte das Rennen gewinnen. War 'n Insidertip! Die Wettquoten waren einfach phantastisch. Mensch, Mike, ich hätte ein Vermögen gemacht! Fünfzigtausend Dollar oder sogar noch mehr! Diese Chance konnte ich mir doch nicht entgehen lassen. Es war ein absolut todsicherer Tip."

„Nach dem, was sich beinahe gerade eben abgespielt hätte, scheint er wirklich todsicher gewesen zu sein."

„Das ist aber nicht meine Schuld!" beteuerte Lucky mit der

ihm eigenen treuherzigen Naivität. „Da ist vor dem Rennen irgendein krummes Ding gedreht worden, da kann mir keiner was anderes erzählen! Irgendwer muß dem Pferd etwas ins Futter gemischt oder aber den Jockey bestochen haben. Anders ist das nicht zu erklären. Das Pferd hätte sonst gewonnen, das mußt du mir glauben!"

„Es hat aber nicht", stellte McCoy nüchtern fest. „Und du standest auf einmal bei diesem Kredithai Don Lucco mit fünfhundert Dollar, die du so schnell nicht zurückzahlen kannst, in der Kreide. Und das bei seinen Wucherzinsen. Was nimmt er überhaupt?"

„Aus den fünfhundert sind in zwei Wochen tausend Dollar Schulden geworden", sagte Lucky ganz geknickt.

„Himmelherrgott, aus dem Teufelskreis kommst du ja nie raus! Kein Wunder, daß er dir seine Schläger auf den Hals gehetzt hat", stöhnte McCoy und schüttelte verständnislos den Kopf.

Lucky war ein herzensguter Mensch, der hart arbeitete und seine reizende Frau Angela und seine beiden Kinder abgöttisch liebte. Doch ständig steckte er wegen seiner fast krankhaften Wett- und Spielleidenschaft in irgendwelchen Schwierigkeiten. Immer wieder schnappte er irgendwo einen dieser angeblich todsicheren Tips auf, die ihm das große Glück bringen würden. Oder aber er glaubte, Würfel und Karten und auch die Automaten im Spielcasino überlisten zu können.

Eigentlich war es ein Witz, daß sein Spitzname ausgerechnet „Lucky" lautete. Doch andererseits war ihm das Glück wirklich unglaublich treu, wenn man bedachte, daß er aus all den Schwierigkeiten bisher immer wieder ganz gut herausgekommen war. Und das nicht zuletzt dank seiner,

Mike McCoys, Hilfe.

„Irgendwie kriege ich das Geld schon zusammen", sagte Lucky mit reichlich müder Zuversicht.

„Glaub ja nicht, daß du mich anpumpen kannst!" warnte McCoy ihn sogleich. „Ich bin selbst so gut wie pleite. Wüßte auch gern, wie ich all die Rechnungen, die so eintrudeln, bezahlen soll. Ich habe noch nicht einmal genug Geld, um die verdammte Klimaanlage auf meinem Hausboot reparieren lassen zu können. Das Mistding hat mal wieder seinen Geist aufgegeben. Und heute morgen erst habe ich meinen Revolver ins Pfandhaus gebracht, um die nächsten Tage über die Runden zu kommen."

„Tut mir leid, daß ich dich in diese üble Geschichte hineingezogen habe", sagte Lucky ehrlich zerknirscht. „Mit den Calese-Brüdern ist nicht zu spaßen."

„Wem sagst du das", seufzte McCoy.

„Die werden dir sicherlich auf die Pelle rücken."

„Zerbrich dir darüber nicht den Kopf. *Ich* bin allmählich aus den Windeln raus", brummte McCoy. „Sieh du besser zu, daß du mit Don Lucco klarkommst. Und jetzt laß uns von was anderem reden. Ich hätte jetzt nichts gegen einen kalten Drink."

„Du sprichst mir aus der Seele." Lucky grinste. „Die Drinks gehen natürlich auf meine Kappe."

Mike McCoy hob eine Augenbraue. „Stand das überhaupt in Frage? Wie ich dich kenne, lädst du mich in deine Stammkneipe ein, wo du anschreiben lassen kannst, nicht wahr?"

Lucky lachte und hob in einer Geste der Resignation die Hände. „Jeder hat sein Kreuz zu tragen, mein Freund."

Mike McCoy nickte. „Stimmt, nur habe ich manchmal den

Eindruck, als müßte ich deines auch noch schleppen", antwortete er grimmig, doch das spöttische Funkeln in seinen Augen nahm den Worten die Schärfe. Freund blieb nun mal Freund.

Auf der Flucht

Die drückende Schwüle lastete noch immer auf San Francisco, als Mike McCoy und Lucky kurz vor Mitternacht aus der Bar auf die Straße traten. McCoy bot sich an, ihn nach Hause zu fahren.

Lucky lehnte dankend ab. „Mich erwartet niemand zu Hause. Angela ist mit den Kindern bei meiner Mutter in San Diego. Ich werde die nächsten Tage bei meinem Schwager wohnen. Ist wohl sicherer, bis ich das Geld zusammen habe. Ich möchte den Calese-Brüdern ungern noch einmal in die Arme laufen."

„Okay, aber vergiß nicht anzurufen ..., falls mein Telefon nicht abgestellt ist", fügte McCoy mit einem schiefen Lächeln hinzu. „Gestern kam die zweite Mahnung."

„Sieht so aus, als könnten wir beide ein bißchen Glück gebrauchen", meinte Lucky und knuffte ihn in die Seite. „Also, dann bis morgen." Er schlenderte die Straße hoch und bog um die Ecke.

Mike McCoy atmete tief durch und überlegte, welchem seiner Kunden, die noch nicht bezahlt hatten, er morgen einen höflichen, aber bestimmten Besuch abstatten sollte. Er zählte wahrlich nicht zu denjenigen, die wenig Geduld mit säumigen Zahlern haben. Auch Mahnungen und Dinge wie sein versetzter Revolver brachten ihn nicht aus der Ruhe. Mit solchen Kleinigkeiten wußte er gut zu leben, seit er Mitte der sechziger Jahre als Jugendlicher im Zuge der Hippie-Bewegung nach Kalifornien gekommen und hier in San Francisco hängengeblieben war. Doch wenn es so weit kam, daß er auf seinem Hausboot ohne Klimaanlage leben mußte, und das mitten im Hochsommer, dann wurde es allmählich Zeit, daß er etwas unternahm.

Ganz in Gedanken versunken, ging er auf die andere Straßenseite hinüber, wo er seinen zehn Jahre alten Chevrolet geparkt hatte, der längst für eine neue Anti-Rost-Behandlung reif gewesen wäre.

Mike McCoy öffnete die Fahrertür und ließ sich in den verschlissenen Sitz fallen. Als er den Schlüssel ins Zündschloß steckte, meldete sich plötzlich sein sechster Sinn.

Er war nicht allein im Wagen!

Sofort dachte er an die Calese-Brüder und an den 38er, den er Roberto abgenommen hatte und der nun unter dem Sitz lag. Er wollte sich vorbeugen, um an die Waffe zu kommen.

In dem Moment spürte er kaltes Metall im Nacken. Es war ein ekelhaftes Gefühl, das ihn mitten in der Bewegung erstarren ließ.

„Ganz ruhig, Mister!" stieß eine gedämpfte Stimme hinter ihm hervor. „Beide Hände aufs Lenkrad . . . Na los!"

McCoy war verwirrt. Das war weder Enrico noch Roberto. Aber wer dann? Vielleicht ein Fixer, der ihn ausrauben wollte, um an das nötige Kleingeld für den nächsten Schuß zu kommen?

Mike McCoy befolgte die Anweisung des Fremden und riskierte einen Blick in den Rückspiegel. Im Scheinwerferlicht eines entgegenkommenden Autos sah er ein hageres, eingefallenes Gesicht, das schon seit Tagen keinen näheren Kontakt mit einem Rasierer gehabt hatte. Der Mann mochte Ende Vierzig sein und trug sein schütteres, leicht ergrautes Haar halblang. Seine Augen flackerten nervös.

„Ein schlechteres Opfer hättest du dir gar nicht aussuchen können", sagte McCoy ruhig. „Ich bin völlig blank. Mehr als drei Dollar in Münzen kann ich dir nicht anbieten. Hättest dich besser in eine etwas edlere Luxuskarosse geschlichen."

„Halt die Klappe!" fuhr ihn der Fremde an. „Ich will kein Geld."

„Wie wäre es dann mit einem Autogramm oder einer Stadtrundfahrt?" konnte sich McCoy nicht verkneifen zu fragen. „Sonst habe ich nämlich nichts anzubieten."

„Keine dummen Sprüche, klar?" zischte der Mann auf dem Rücksitz und preßte ihm die Mündung noch stärker in den Nacken.

„Schon überzeugt", murmelte McCoy schnell und verfluchte seine lockere Zunge.

„Wo wohnst du?" fragte der Fremde gehetzt.

„Drüben auf der anderen Seite der Bay, in Sausalito", antwortete McCoy und wußte nun, daß der Mann hinter ihm Angst hatte. Vermutlich befand er sich auf der Flucht vor der Polizei.

„Sausalito? Sehr gut. Fahr los! Aber halt die Verkehrsregeln ein!"

„Die Gegend, in der ich wohne, gehört nicht gerade zu den feineren Stadtvierteln. Ich hause auf einem alten, abgewrackten Hausboot", erklärte McCoy und hoffte, ihn damit loszuwerden.

„Noch besser", lautete die enttäuschende Antwort.

„Aber die Klimaanlage ist defekt“, spielte McCoy seinen letzten Trumpf aus.
„Scheiß auf die Klimaanlage, und Schluß jetzt mit dem Gelaber, Mann. Fahr los, und versuch bloß keine heldenhaften Tricks. Ich habe nichts zu verlieren!“ Als hätte er etwas gesagt, was nicht wirklich seiner Überzeugung entsprach, fügte er abschwächend hinzu: „Wenn du tust, was ich dir sage, wird dir kein Haar gekrümmt. Ich brauche nur für eine Nacht ein Dach über dem Kopf. Aber wenn du mich auszutricksen versuchst, garantiere ich für nichts.“
Mike McCoy fädelte sich in den Verkehr ein, der stadtauswärts in Richtung Golden Gate Bridge rollte. „Mein Bedarf an nächtlichen Überraschungen ist für heute mehr als reichlich gedeckt, Mister. Und für Tricks ist die alte Kiste auch kaum der geeignete Wagen.“
„Gut, daß wir uns verstehen. Wie heißt du?“
„Mike . . . Mike McCoy.“
„Mike. Okay. Du kannst mich Floyd nennen.“
„Wird mir ein Vergnügen sein . . ., Floyd“, murmelte McCoy und überlegte, wie er ihn außer Gefecht setzen konnte. Floyd hatte Angst und war übernervös. Und solche Typen waren ganz besonders dann, wenn sie eine Waffe in der Hand hatten, höllisch gefährlich. Fast wünschte er, ein eiskalter Profi wie Enrico Calese würde anstelle von diesem Floyd sonstwas hinter ihm sitzen.
Mike McCoy seufzte schwer. Man brauchte wirklich kein großer Hellseher zu sein, um voraussagen zu können, daß diese Nacht noch für einige Überraschungen gut war.

Tausend Dollar für einen Drink

Während der Fahrt zur Goldenen Gate Bridge versuchte Mike McCoy mehrfach, seinen ungebetenen Fahrgast in ein Gespräch zu verwickeln, um Informationen aus ihm herauszulocken. Doch Floyd blockte seine Versuche jedesmal grob ab, so daß McCoy es schließlich aufgab.

Bald tauchten vor ihnen die beiden angestrahlten Pfeiler der wohl berühmtesten Brücke der Welt auf. Zu ihrer rechten Hand lag das Zentrum von San Francisco mit seinen Wolkenkratzern im nächtlichen Lichterglanz. Am Ende der über zwei Kilometer langen Brücke ging es rechts nach Sausalito ab, einem kleinen Ort, der einst bevorzugter Platz für Künstler und Literaten war und noch viel von seinem besonderen Charme bewahrt hatte.

Als der Chevy der Uferpromenade folgte, brach Floyd das Schweigen. „Ist es noch weit?“ fragte er schroff.

„Nein, die Hausbootkolonie liegt gleich hinter dem Jachthafen“, erklärte McCoy und bog wenig später von der Straße auf einen steinigen, staubigen Vorplatz ab, wo mehrere ausgeschlachtete Autowracks und Müllcontainer herumstanden.

Im Licht der Scheinwerfer zeichnete sich vor ihnen ein Gewirr von kleinen und großen Hausbooten und bizarren, schwimmenden Palästen ab. Ausrangierte Rostkähne lagen hier Seite an Seite mit mastenlosen Segelbooten und skurrilen Wohngebilden, die alle im flachen Wasser der kleinen Bucht dümpelten. Ein geradezu labyrinthisch anmutendes System wackliger Stege führte durch dieses chaotische Durcheinander, das eine Zufluchtsstätte für echte Individualisten war.

Mike McCoy stellte den Motor ab und schaltete das Licht aus. Floyd ließ sich den Schlüssel geben, sprang aus dem Wagen und befahl ihm, ganz langsam herauszukommen.

Als McCoy ausstieg, sah er, daß Floyd einen schwarzen Aktenkoffer in der linken Hand trug. „Sei vorsichtig mit dem Ballermann, wenn wir gleich über die Stege gehen“, warnte er ihn. „Für die Ewigkeit sind die nicht gerade gebaut. Sieh zu, daß der Revolver nicht zufällig losgeht. Einige Burschen, die hier Unterschlupf gefunden haben, könnten das falsch verstehen und sich persönlich angesprochen fühlen ... Einmal ganz davon abgesehen, daß ich einer Kugel im Rücken wenig abgewinnen kann.“

„Los jetzt ... Und immer hübsch langsam!“

Mike McCoy kannte die Hausbootkolonie wie seine Westentasche. Während er Floyd nun durch das Gewirr führte, bot sich ihm so manches Mal die Chance zum Sprung in die Freiheit. Doch das Risiko, sich dabei eine Kugel einzuhandeln, war ihm doch zu groß.

„Hör mal, wenn du planst, mich hier in die Irre zu führen ...“ begann Floyd mit heiserer Stimme, als sie schon eine ganze Weile von einem Steg zum anderen gingen.

„Halt die Luft an“, unterbrach McCoy ihn. „Die *Titanic* liegt da drüben.“

„Titanic?“ wiederholte Floyd verblüfft und starrte zu dem rostigen Hausboot hinüber, das etwa zwanzig Meter in der Länge und sechs in der Breite maß. Eine Reling umgab den kastenförmigen Aufbau mit den Wohnräumen. Er zählte vier große Bullaugen. Achtern erhob sich ein kleiner überdachter

Ruderstand. Der Anstrich, der einmal aus den schillerndsten Hippie-Farben bestanden und so manche Parole der „Blumenkinder“ getragen hatte, war verblaßt und blätterte schon an vielen Stellen ab.

Mike McCoy zuckte die Achseln. „Ein Name ist so gut wie der andere, oder? Außerdem soll mich der Name daran erinnern, daß mir dieser Kahn eines Tages unter den Füßen wegsaufen wird“, meinte er spöttisch.

Floyd blickte ihn mißtrauisch an. „Merkwürdiger Humor.“

„Das bringt mein Beruf so mit sich“, antwortete McCoy und war dankbar, daß Floyd nicht wissen wollte, womit er seinen Lebensunterhalt verdiente. Er hatte es nur eilig, hinüber aufs Boot zu kommen.

McCoy ging vor. Das Wasser klatschte leise gegen den Rumpf des Hausbootes, als er über die wacklige Gangway schritt und die Tür mit dem runden Bullauge zum Wohnzimmer aufschloß. In dem Moment, in dem er den Lichtschalter betätigte, versetzte Floyd ihm einen Stoß in den Rücken, der ihn vorwärts taumeln ließ, und schloß hastig die Tür hinter sich.

Mit dem unsteten Blick des Gejagten sah er sich um. Der große Wohnraum war sehr gemütlich eingerichtet. Eine schwarze Ledersesselgarnitur mit Couch, überquellende Bücherregale und Bilder dicht an dicht an den Wänden, links von der Tür eine kleine Eckbar mit drei Barhockern und rechts vom Eingang neben der Tür zum angrenzenden Raum ein alter Schreibtisch mit Rolltop.

„Mein Gott, das ist hier ja wie in der Sauna!“ stöhnte Floyd, setzte den Koffer ab und lockerte den Hemdkragen. „Bring mir was Kaltes zu trinken!“

„Sonst noch einen Wunsch, der Herr?“ Allmählich wurde

Mike McCoy sauer.

„Hör zu, ich will nichts geschenkt haben!" fauchte Floyd, griff in die Jackentasche und warf ihm einen Packen Geldnoten zu. „Sind genau tausend Dollar. Schätze, das deckt deine Unkosten."

Verwundert starrte Mike McCoy auf das Geldbündel in seiner Hand. Tausend Dollar, was für eine Versuchung! Aber sein Stolz war nicht zu kaufen . . . so billig nun schon gar nicht. Er warf Floyd das Geld vor die Füße.

„Behalte es!" sagte er abweisend. „Ich laß mich nicht von dir zum Komplizen machen, ganz egal, was du auf dem Kerbholz hast."

„Das Geld ist sauber!" brauste Floyd auf. „Du kriegst es so oder so. Wenn du es jetzt nicht nimmst, schicke ich es dir per Post zu. Ich bin noch keinem was schuldig geblieben, damit das klar ist!"

Mike McCoy zuckte mit den Achseln. „Große Töne für einen Mann, der die Hosen gestrichen voll hat."

Floyd fuchtelte wild mit dem Revolver herum. „*Du* nimmst den Mund reichlich voll. Scheinst wohl unter Halluzinationen zu leiden!" fuhr er ihn an.

Mike McCoy blieb gelassen. „Die Angst springt dir doch schon aus den Augen! Mach mir doch nichts vor. Du bist auf der Flucht. Und du hast höllisch Schiß, erwischt zu werden, von wem auch immer. Ich will gar nicht wissen, worum es sich handelt. Ich habe ohnedies Ärger genug. Aber ich wäre dir dankbar, wenn du mein Hausboot nicht mit einem Hotel verwechseln würdest."

Floyd biß sich auf die Lippen. Er machte plötzlich einen sehr zerbrechlichen und verzweifelten Eindruck und sah so aus, als würde er sich für das, was er tat, selbst verabscheuen. McCoy war nun sicher, keinen hartgesottenen Berufsverbrecher vor sich zu haben. Eine Spur Mitgefühl mischte sich jetzt in seinen Ärger, ohne daß er sich genau erklären konnte, warum.

„Was ich tue, tue ich gezwungenermaßen", erklärte Floyd.

„Das sagte Al Capone auch, als er seine ersten Verbrechen beging", erwiderte McCoy mit grimmigem Spott.

„Ich habe auch nicht angenommen, daß du mir glauben würdest", sagte Floyd mit bitterem Unterton.

„Es fällt mir von Natur aus ein wenig schwer, im Angesicht eine Revolvermündung viel Verständnis für denjenigen aufzubringen, der den Finger am Abzug hat", knurrte Mike McCoy gereizt.

„Das ist reine Vorsicht."

„Mein Mißtrauen auch", konterte McCoy.

Floyd nickte. „Das sehe ich ein. Aber lassen wir das. Wie wäre es nun mit einem Drink? Sicher fällt dir kein Zacken aus der Krone, wenn du mir ein Glas Eiswasser holst."

„Bestimmt nicht", antwortete McCoy knapp und hatte plötzlich eine Idee, wie er sein mieses Blatt in eine Trumpfkarte verwandeln konnte. Was er vorhatte, war zwar nicht gerade ohne Risiko, aber die Chancen standen nicht schlecht. Auf Texas konnte er sich in solch einer Situation eigentlich verlassen.

„Ich hole aus dem Eisschrank in der Küche was zum Trinken", sagte McCoy und deutete auf die schmale Schwingtür neben der kleinen Eckbar.

„Langsam – ich komme mit!" Floyd trat dicht hinter ihn, den Revolver schußbereit in der Hand.

„Reine Vorsichtsmaßnahme, he?" fragte McCoy sarkastisch

und ging auf die Küchentür zu. „Hast du Angst, ich könnte mich vielleicht mit dem Kuchenquirl auf dich stürzen?"

Floyd setzte zu einer Erwiderung an, kam jedoch nicht mehr dazu, sie auszusprechen. Mike McCoy knickte urplötzlich in den Knien ein, drehte sich vom Revolver weg und stieß die Schwingtür auf. Im selben Augenblick schrie er in das Dunkel der Küche: „Texas ... Hier!"

Floyd war kein professioneller Revolvermann, der in solch einem Augenblick reaktionsschnell und routiniert reagiert hätte. Für ihn kam McCoys Manöver zu schnell und zu überraschend. Er zögerte. Zudem wurde seine Aufmerksamkeit von dem Schatten abgelenkt, der aus der Dunkelheit der Küche auf ihn zuschoß.

Ein Schreckensschrei drang aus seiner Kehle, als etwas Haariges gegen sein Gesicht prallte. Irgend etwas riß an seinem schütteren Haar, und etwas Warmes preßte sich auf sein Gesicht und verschloß ihm die Augen.

Unwillkürlich taumelte er zurück.

McCoy war mit einem Satz auf den Beinen und riß ihm den Revolver aus der Hand. Mit einem gut gezielten, jedoch nicht übermäßig wuchtigen Schwinger sorgte er dafür, daß Floyd sich rücklings auf den Boden legte.

„Rollentausch!" meinte McCoy und richtete die Waffe auf ihn.

Floyd japste nach Atem. „Was ... was ... war ... das?" stieß er verstört hervor.

„Das war Texas."

Floyd blinzelte verständnislos, und eine steile Falte bildete sich auf seiner Stirn, während er seine schmerzenden Rippen massierte. „Texas?"

„Ja, mein treuer Freund", erklärte McCoy mit dem Anflug eines Lächelns und deutete auf das kleine Rhesusäffchen, das neben ihm auf der Platte der Eckbar hockte.

Sprachlos blickte Floyd auf das zierliche Tier mit dem graubraunen Fell, dessen große wachsame Augen ihn auszulachen schienen. Schließlich richtete sich Floyd mit einem unterdrückten Fluch auf. „Ein Affe... Ein lächerlicher, gottverdammter Affe!" Er konnte es einfach nicht fassen, daß McCoy ihn auf diese beschämende Weise ausgetrickst hatte.

„So würde ich Texas nicht nennen", sagte Mike McCoy warnend und befahl ihm, sich in einen der Ledersessel zu setzen und sich nicht von der Stelle zu rühren.

Schweigend und mit einem Gesichtsausdruck müder Resignation folgte Floyd dem Befehl. Wie ein Häufchen Elend sackte er im Sessel zusammen. Er wußte, daß er geschlagen war.

Schüsse aus dem Dunkel

Für eine Weile war nichts zu hören, als das helle Klirren der Eiswürfel. Mike McCoy mixte an der Bar zwei Drinks. Den Revolver hatte er hinter den Gürtel geklemmt. Falls Floyd wider Erwarten auf dumme Gedanken kommen sollte, brauchte er die Waffe nicht, um mit ihm fertig zu werden. Floyd war alles andere als ein Athlet. Und er machte kaum den Eindruck, als steckten noch verborgene Reserven in ihm.

McCoy setzte sich ihm gegenüber und schob ihm einen Drink über den Tisch zu. „Ich bin verdammt zu müde, um nachtragend zu sein“, sagte er versöhnlich. „Wenn du das Glas leer hast, nimmst du deine Klamotten und verziehst dich, und damit ist die Sache vergessen.“

„Unter den Umständen ist das wohl mehr, als ich hätte erhoffen dürfen, nicht wahr?“ murmelte Floyd bedrückt.

„Der Meinung bin ich auch“, meinte McCoy und kraulte Texas im Nacken, was dieser mit sichtlichem Genuß über sich ergehen ließ.

„Verdammt merkwürdiger Name für einen Affen ... Texas“, sagte Floyd sinnierend.

„Was soll daran merkwürdig sein?“ fragte McCoy zurück. „Ich hatte unten in El Paso einen Job zu erledigen, als dieser Bursche eines Abends in meinem Wagen saß, auf der Hupe, um genau zu sein. Der Himmel allein weiß, wem er weggerannt ist. Auf jeden Fall scheiterten alle Versuche, den Kleinen seinem rechtmäßigen Besitzer zurückzugeben. Noch nicht einmal die Polizei wollte ihn mir abnehmen, und ihn dem Tierheim zu übergeben, kam für mich nicht in Frage.“ Er zuckte mit den Achseln. „Da wir uns in der Zwischenzeit schon angefreundet hatten, habe ich ihn eben mit zurück nach Frisco genommen. Und was lag näher, als ihn Texas zu nennen, wo er mir doch da zugelaufen ist?“

Floyd grinste schief. „Das hat was für sich.“ Er stierte in sein Glas. „Wünschte, ich hätte dich unter angenehmeren Umständen kennengelernt, Mike. Scheinst in Ordnung zu sein.“

„Spar dir den Druck auf die Tränendrüse.“ Mike McCoy gab sich bewußt hart. „Du wirst hier keine Wurzeln schlagen. Trink aus und such dir woanders ein Nachtquartier. Wenn du so mit dem Geld um dich schmeißt, wirst du dir ja auch ein Taxi und ein Motelzimmer leisten können.“

„Mann, wenn das so einfach wäre. Ich habe Schwierigkeiten", sagte Floyd beschwörend.

„Wer hat die nicht."

„Ich kann mich da draußen nicht blicken lassen. Ich brauche ein paar Stunden Zeit, um mir klar zu werden, was ich tun soll."

„Ich will keinen Ärger mit den Bullen."

„Es sind nicht die Bullen, die hinter mir her sind", versicherte Floyd.

„Um so schlimmer", knurrte McCoy.

„Hör mal, es geht nicht nur um mich. Ich käme mit diesen Brüdern schon klar", sprudelte Floyd hastig hervor, als er sah, daß sein Glas so gut wie leer und seine Zeit auf dem Hausboot damit abgelaufen war. „Aber ich habe Angst um meine Tochter Diana. Sie hat mit der ganzen Sache nichts zu tun, und wenn ich nicht . . ."

Mike McCoy hob abwehrend die Hand. „Ich will nichts davon wissen, egal, worum es sich dreht!" Er wollte es gar nicht erst soweit kommen lassen, daß er mal wieder das Opfer seiner eigenen Gutmütigkeit wurde. Ihm reichte schon der Ärger, den Lucky ihm eingebrockt hatte.

„Okay, ich verstehe", murmelte Floyd niedergeschlagen und stellte sein Glas ab. Er erhob sich und ging zur Tür, wo sein Aktenkoffer stand. „Wäre es zuviel verlangt, wenn ich dich bitten würde, mir die Knarre wieder zurückzugeben?"

„Hatte nicht vor, mir ein Waffendepot anzulegen", brummte McCoy und leerte die Trommel, bevor er ihm den Revolver zuwarf.

Floyd steckte sie in die Jackentasche seines verknitterten Anzuges. „Na dann . . .", begann er und brach ab, weil ihm in dieser doch reichlich merkwürdigen Situation nicht die passenden Worte einfielen. Er öffnete die Tür und drehte sich noch einmal zu McCoy um.

„Viel Glück!“ wünschte McCoy ihm.

„Wird schon schief...“ Floyds Stimme ging in ein häßliches, ersticktes Röcheln über. Der Aktenkoffer entglitt seiner Hand.

Floyd wankte zu McCoy herum, die Augen weit aufgerissen und voller Todesangst, die rechte Hand über der Brust verkrampft. Blut sickerte zwischen den Fingern hindurch. Schwer stürzte er zu Boden.

Wie vom Katapult geschossen war Mike McCoy aus dem Sessel, hechtete zur noch immer offenstehenden Tür und streckte die Hand nach dem Lichtschalter aus.

Aus der Dunkelheit drang ein gedämpftes „Plopp“ zu ihm herüber, und im selben Augenblick spürte er den Windzug der Kugel, die der unbekannte Schütze drüben vom Steg aus auf ihn abgefeuert hatte und die haarscharf an seiner linken Schläfe vorbeisirrte. Holz splitterte, als sich das Geschoß hinter ihm in die Wand bohrte.

McCoy riß den Lichtschalter nach unten, knallte die Tür mit der anderen Hand zu und warf sich zu Boden. Texas kreischte aufgeregt und war mit einem Satz bei ihm.

„Texas! Sei still... Jetzt bloß kein Affentheater!“ herrschte er ihn mit gedämpfter, jedoch eindringlicher Stimme an.

Das Äffchen verstummte auch wirklich und verharrte still neben ihm.

Angespannt lauschte McCoy in die Dunkelheit, um zu hören, ob der Killer dort draußen über den Steg auf das Hausboot kam, um auch ihm noch den Rest zu geben. Er wünschte plötzlich, er hätte die Trommel des Revolvers nicht geleert.

Er hörte Floyd stöhnen, vernahm das Plätschern des Wassers und dann eilige Schritte auf den hölzernen Bohlen der Stege. Doch die Schritte näherten sich nicht der *Titanic*, sondern sie entfernten sich rasch.

Der Killer zog sich zurück!

Erleichterung überkam McCoy.

Der aufheulende Motor eines hastig gestarteten Wagens drang durch die trügerische Stille der Nacht. Mike McCoy machte nicht den Fehler, das Licht gleich wieder anzuschalten. Dafür war er zu sehr Profi. Es war zu riskant, sich nur auf Vermutungen zu verlassen.

Seine Augen hatten sich an die Dunkelheit gewöhnt, und er kroch zu Floyd hinüber. Schnell nahm er ihm den Revolver ab, lief geduckt zur Sitzgruppe, nahm die Patronen vom Tisch und lud die Waffe wieder. Er hörte, wie Floyd nach ihm rief, doch er achtete nicht darauf. Jetzt war jede Sekunde kostbar. Floyd war schwer verwundet. Er alarmierte Krankenwagen und Polizei, und er fluchte laut, als er den Hörer auflegte. Er hatte ja geahnt, daß ihn diese Nacht mit bösen Überraschungen segnen würde.

Floyd rief ihn wieder mit röchelnder, schwacher Stimme.

McCoy kniete sich neben ihn und ließ sein Feuerzeug aufflackern. Die Kugel war oberhalb des Herzens in die Brust gedrungen. Eine üble Verletzung ... Vermutlich tödlich.

„Bleib ganz ruhig liegen", sagte McCoy und hoffte, daß sich die Besatzung des Krankenwagens nicht im Labyrinth der Stege verirrte. Das wäre der sichere Tod für Floyd. „Der Krankenwagen ist schon unterwegs."

„Einer ... muß ... sich ... um ... Diana ... kümmern", stieß Floyd abgehackt hervor. „Sie ... ist ... in ... Gefahr ... skrupellos ... schrecken ... vor ... nichts ... zurück ... Habe dich ... nicht ... angelogen ...“

„Schon gut, ich glaube dir ja“, beruhigte McCoy ihn.

Floyd schüttelte schwach den Kopf. „Man ... hat ... mich ... gezwungen ... konnte ... flüchten ... Keinem Koffer zeigen, Mike! ... halten gefangen ... einziger Trumpf ... varra ... großes Geschäft ... mußte es tun ...“, kam es zusammenhanglos und mit erstickter Stimme über Floyds Lippen. Dann durchbrach er noch einmal den Schleier der nahenden Bewußtlosigkeit. Er bäumte sich auf und umklammerte McCoys Arm. „Ich bin sauber ... Mike! Halte die Bullen aus dem Spiel und kümmere dich um Diana! ... Zahle jeden Preis ... Nimm aus dem Koffer, was du brauchst! ... Du mußt mir helfen! Versprichst du mir das?“

„Ja, und nun beruhige dich!“

Floyd sackte in McCoys Armen zusammen. Er war bewußtlos geworden. Ohne genau zu wissen, warum er das tat, nahm Mike McCoy den schweren Aktenkoffer und den Revolver und schob beides unter die aufgeschlagene Decke seines Bettes im angrenzenden Zimmer. Als er in den Wohnraum zurückkehrte, hörte er den an- und abschwellenden Heulton von Polizei- und Krankenwagen.

Mit einem schweren Stoßseufzer schaltete er nun das Licht wieder an und trat an die Bar, um sich einen doppelten Whisky einzugießen. Diese Nacht würde sein Bett kalt bleiben.

Wer ist Floyd Webster?

„Noch etwas Kaffee?“ fragte Sergeant Larry Austin und nahm die halbvolle Kanne aus der Halterung der Kaffeemaschine, die hinter seinem einfachen Büroschreibtisch auf der Fensterbank stand.

„Was anderes haben Sie ja nicht anzubieten, oder?“ fragte Mike McCoy mit müdem Spott zurück.

„Also noch etwas Kaffee“, sagte der dicke Sergeant, der einen genauso übernächtigen Eindruck machte wie der Privatdetektiv, der ihm in seinem Büro gegenübersaß, und erlaubte sich ein Grinsen. Er füllte die beiden Plastikbecher auf der Schreibtischkante randvoll.

Sergeant Larry Austin von der San Francisco City Police und Mike McCoy waren sich nicht fremd. Im Gegenteil. Schon seit Jahren kreuzten sich ihre Wege immer mal wieder. Ihr Verhältnis wurde weder von herzlicher Freundlichkeit noch von heftiger Abneigung bestimmt, sondern von einer Mischung aus widerwilligem Respekt und gegenseitigem Mißtrauen. Jeder argwöhnte, daß ihm der andere irgendeine wichtige Information vorenthielt. Zudem hegte Larry Austin den manchmal wirklich nicht unberechtigten Verdacht, daß McCoy sich nicht immer an die vorgeschriebenen Spielregeln des Gesetzes hielt und sich gelegentlich Freiheiten herausnahm, die ihn seine Lizenz kosten konnten, wenn sie bekannt würden.

Der Sergeant musterte ihn nun über den Rand seines Kaffeebechers hinweg, als wollte er in seinen Gedanken lesen.

„McCoy, wir sind doch beide Profis . . ., jeder in seinem Job", begann er in freundschaftlichem Tonfall, der Mike McCoy verriet, daß Larry Austin es nun auf die sanfte, joviale Tour versuchen wollte. „Warum legen Sie Ihre Karten also nicht offen auf den Tisch und erzählen, was wirklich passiert ist? Wir ersparen uns beide eine Menge Ärger und Zeit."

Mike McCoy unterdrückte ein Gähnen. „Sie wissen alles, was ich weiß."

„Aber die ganze Geschichte, die Sie mir aufgetischt haben, stimmt doch vorn und hinten nicht", sagte der Sergeant ärgerlich. „Dieser Floyd Webster wird auf Ihrem Hausboot niedergeschossen, und Sie wissen absolut nichts über ihn. Das ist doch verdammt dünn, was Sie da zu Protokoll gegeben haben."

Mike McCoy zuckte mit den Achseln. „Tut mir leid, daß ich Ihnen weder ein Motiv noch sonst etwas Brauchbares liefern kann, Austin. Ich habe ihn in meinem Wagen mit nach Sausalito genommen, weil ich seine . . . Bitte schlecht abschlagen konnte. Auf meinem Hausboot haben wir einen Drink genommen, und dann wollte er gehen, um sich ein Motelzimmer zu suchen. Und da bekam er die Kugel verpaßt. Er war kein Klient von mir. Wenn Sie mehr wissen wollen, dann fragen Sie ihn doch selber."

„Für Ihre Art von Humor habe ich mich noch nie erwärmen können und werde es wohl auch nie tun", knurrte Larry Austin. „Sie wissen doch, wie dreckig es Floyd Webster geht. Im Leichenschauhaus wird er mir kaum Rede und Antwort stehen!"

McCoy schwieg. So unrecht hatte der Sergeant nicht. Nachdem Larry Austins Kollegen von der Spurensicherung ihre Pflicht auf der *Titanic* getan hatten, war er mit dem Sergeant ins

Krankenhaus gefahren, wo Floyd schon auf dem Operationstisch gelegen hatte. Die Notoperation war ein relativer Erfolg gewesen. Die Kugel war entfernt worden. Doch Floyd hatte das Bewußtsein noch immer nicht wiedererlangt und rang mit dem Tod. Die Ärzte schätzten seine Chancen zu überleben nicht allzu rosig ein. Und somit war nicht auszuschließen, daß Floyd vielleicht keine Gelegenheit mehr haben würde, Licht in das Dunkel dieses Mordanschlages zu bringen.

„Da kann ich Ihnen auch nicht weiterhelfen“, sagte McCoy nun. „Liegt denn überhaupt etwas gegen Floyd vor?“

Larry Austin blickte auf den dünnen Aktenordner, der aufgeschlagen vor ihm lag. Er zögerte mit der Antwort. „Nein, gesucht wird er nicht“, gab er widerstrebend zu. „Aber ein geradezu unbeschriebenes Blatt ist er nun auch wieder nicht.“

McCoy hob fragend die Brauen.

„Ich denke, Floyd Webster ist kein Klient von Ihnen? Warum also soll ich Ihnen Einblick in meine Unterlagen gewähren, he?“

„Weil ich in der Geschichte mit drinstecke, ob es mir nun gefällt oder nicht. Immerhin ist auch auf mich geschossen worden“, antwortete McCoy.

Sergeant Austin blickte ihn einen Moment verkniffen an und seufzte dann. „Ich weiß wirklich nicht, weshalb ich mich immer wieder von Ihnen überreden lasse, Dinge zu tun, die ich eigentlich besser bleiben lassen sollte.“

Mike McCoy grinste. „Weil Sie im Grunde genommen für einen Sergeant gar kein so schlechter Kerl sind. Und weil Sie wissen, daß ich noch nie einen Gefallen schuldig geblieben bin.“

„Also gut.“ Larry Austin beugte sich über die Akte und gab

die ihm vorliegenden Informationen über Floyd Webster im Telegrammstil an McCoy weiter. „Geboren 1933 in New York... High-School-Abschluß... zwei Jahre College... Dann Kunststudium... Studium abgebrochen... Gelegenheitsarbeiten... mit Dreißig nach San Francisco umgezogen... 1975 taucht sein Name im Zusammenhang mit getürkten Schecks auf... Freispruch aus Mangel an Beweisen. Vier Jahre später dasselbe Spiel... Diesmal handelt es sich um täuschend echte Kopien von berühmten Gemälden... Wieder Freispruch. Seitdem keine Eintragung mehr. Eines ist sicher, McCoy, ein Unschuldslamm ist dieser Floyd nicht. Man hat ihn bisher nur noch nicht festnageln können."

„Ich bin kein Richter", meinte McCoy. „Wie sieht es mit Frau und Kindern aus?"

„Floyd ist seit sechzehn Jahren geschieden. Das einzige Kind aus dieser Ehe, seine Tochter Diana, lebt bei ihm. Sie muß jetzt achtzehn Jahre alt sein. Das ist alles."

„Adresse?"

Sergeant Austin nannte ihm eine Straße und Hausnummer in einem nicht eben vornehmen Wohnviertel am Hafen.

Mike McCoy klappte sein Notizbuch zu. „Tja, dann will ich Sie nicht länger aufhalten", sagte er und erhob sich.

Austin verzog das Gesicht. „Sie haben das Zeug zum Komiker, McCoy. Nur bin ich das denkbar schlechteste Publikum für Ihre Witze. Vergessen Sie nicht, daß ich keinen Spaß verstehe, wenn man mir wichtige Informationen vorenthält!"

„Ich werde Texas einen Knoten in den Schwanz machen, um das ja nicht zu vergessen, Sergeant."

„Zum Teufel mit Ihnen!" knurrte Austin.

McCoy nickte ihm lächelnd zu und verließ das Büro des

Sergeants. Der neue Tag dämmerte schon grau im Osten herauf, als er in seinen Chevrolet stieg und sich auf den Heimweg machte. Er stellte das Radio auf volle Laustärke, um nicht am Steuer einzuschlafen. Die Müdigkeit saß ihm wie Blei in den Knochen.

Zwanzig Minuten später war er drüben auf der anderen Seite der Bay. Texas begrüßte ihn mit einem freudigen Laut und sprang mit einem Satz auf seine Schulter.

McCoy streichelte ihm das Fell. „Werde bloß niemals Privatdetektiv, hörst du, Tex! In dem Job handelt man sich nur unnötigen Ärger und 'ne Menge unbezahlte Rechnungen ein."

Texas legte den Kopf schief, als würde er ernsthaft darüber nachdenken. Dann hüpfte er von McCoys Schulter und lief hinüber ins Schlafzimmer.

Mike McCoy seufzte. „Keine üble Idee, Tex. Eine Runde Schlaf kann ich wahrlich gebrauchen." Er machte sich gar nicht erst die Mühe, sich auszuziehen, sondern warf sich so, wie er war, auf das Bett. Aktenkoffer und Revolver stieß er mit den Füßen ans Bettende. Und schon im nächsten Moment war er eingeschlafen.

Ein Koffer voller Geld

Das penetrante Schrillen des Telefons riß Mike McCoy vier Stunden später aus dem Schlaf. Fluchend wälzte er sich aus dem Bett und taumelte ins Wohnzimmer. Er ärgerte sich, daß er vergessen hatte, den automatischen Anrufbeantworter einzuschalten.

Texas huschte zwischen seinen Beinen hindurch, sprang auf den Schreibtisch und hob den Hörer ab. Aufgeregt kreischte er in die Muschel.

Ein schwaches Lächeln flog über das verschlafene Gesicht des Privatdetektivs. „Ganz meine Meinung, Texas", brummte er und nahm ihm den Hörer ab.

Es war Lucky. „Mike?... Sag bloß, du hast noch im Bett gelegen? Irgendwann wirst du noch mal das nächste Erdbeben verschlafen."

Mike McCoy hielt den Hörer ein gutes Stück von seinem Ohr weg. „Du klingst geradezu ekelhaft munter, Lucky. Erzähl mir jetzt bloß nicht, du hättest prächtig geschlafen. Ich würde das als persönliche Beleidigung betrachten!"

Lucky lachte vergnügt, direkt unanständig vergnügt, wie McCoy fand. „Du nimmst dir immer alles so zu Herzen. Es wird sich schon alles einrenken."

„Deine Ruhe möchte ich haben!" stöhnte McCoy auf.

„Was hältst du von einem gemeinsamen Frühstück?" schlug Lucky vor. „Ich komm zu dir nach Sausalito rüber, und wir treffen uns in dem Restaurant unten am Jachthafen. Ich lade dich ein."

„Du hättest einen schlechteren Einfall haben können", meinte McCoy. „Frühstücken wir also zusammen. Aber gib mir Zeit, um zu mir zu kommen." Er legte auf und begab sich ins Bad. Mit geschlossenen Augen stellte er sich unter die kalte Dusche, und ganz allmählich kehrten die Lebensgeister wieder in ihn zurück.

Als er im Schlafzimmer in seine Hosen schlüpfte, fiel sein Blick auf den schwarzen Aktenkoffer. Er zögerte, ob er ihn öffnen sollte. Er entschied sich dafür, den Koffer aufzumachen, und drückte auf die Schloßtasten, die sofort aufschnappten.

Er klappte den Deckel auf – und glaubte seinen Augen nicht trauen zu dürfen. Der Koffer war randvoll mit Geldbündeln angefüllt. Fünfzig- und Hundertdollarnoten, jeweils zwanzig Scheine in einem Bündel.

„Donnerlittchen!" stieß McCoy ungläubig hervor. „Kleingeld kann man das sicherlich nicht nennen." Er schätzte, daß der Koffer mindestens eine Viertelmillion Dollar enthielt.

Mike McCoy überlegte, was er tun sollte. Er dachte an Sergeant Austin, der keine Ahnung von dem Koffer und seinem Inhalt hatte. Eigentlich müßte er ihn davon benachrichtigen. Doch der Gedanke behagte ihm nicht sonderlich. Es lag nichts gegen Floyd vor.

Nach kurzer Überlegung beschloß McCoy, sein Wissen so lange für sich zu behalten, bis er in Erfahrung gebracht hatte, aus welcher Quelle das Geld stammte. Und das bedeutete, daß Floyd Webster nun doch zu seinem Klienten geworden war.

„Hundertzwanzig Dollar plus Spesen sind mein Tagessatz für Leute mit Geld, Mister Webster", murmelte er laut vor sich hin, als stände Floyd vor ihm. „Ich denke, Sie werden das verkraften können." Er nahm ein Geldbündel aus dem Koffer, bevor er ihn wieder schloß und im Kleiderschrank verstaute. Vorschuß. Falls er nicht alles brauchte, würde er den Rest zurücklegen. Ehrensache.

„Hi, Mike!" rief eine ihm sehr vertraute weibliche Stimme, als er an Deck kam. „Du siehst ja nicht so aus, als hättest du diese Nacht viel Schlaf bekommen!"

„Oh! Hallo, Jenny", grüßte McCoy und ging über die Gangway.

Jenny Blake hatte ganz offensichtlich schon auf ihn gewartet. Sie lehnte auf dem Steg an einem der Pfosten und spielte mit einer Locke ihres blauschwarzen Haars, das ihr bis über die Schultern fiel und ihr zart geschnittenes Gesicht mit den ausdrucksstarken dunklen Augen umrahmte. Jenny, die eigentlich Jennifer hieß, trug weiße Shorts und ein weißes T-Shirt mit dezenter Blumenstickerei am V-Ausschnitt. Die sonnengebräunte Haut ihres schlanken Körpers kam durch das Weiß ihrer Kleidung ganz besonders gut zur Geltung.

Jennifer Blake war vierundzwanzig und wohnte gleich neben der *Titanic* auf einem kleinen ehemaligen Fischkutter, dem sie den Namen *Sunflower* gegeben hatte. Ein recht passender Name, denn Jennifer Blake hatte das gesamte Oberdeck des Kutters in einen blühenden Blumen- und Gemüsegarten verwandelt, der ihr ganzer Stolz war. Prachtvolle Riesensonnenblumen wuchsen zu Dutzenden am Ruderhaus, und ihr sattes Gelb prangte in der Sonne.

Als McCoy sie dort im warmen Licht der Morgensonne stehen sah, lächelte er unwillkürlich. Jenny war nicht nur eine junge Frau von aparter Schönheit, sondern sie hatte auch etwas in ihrem hübschen Köpfchen, auf das die Bezeichnung „Dickschädel“ gar nicht mal schlecht paßte.

„Viel Schlaf habe ich übrigens auch nicht genossen“, fügte Jenny nun hinzu und verzog das Gesicht zu einem halb spöttischen, halb fragenden Blick. „Du hattest ja mal wieder deine ‚Freunde‘ von der Polizei zu Besuch, nicht wahr? Das war wirklich nicht zu überhören.“

Mike McCoy blickte zu ihrem Kutter hinüber. „Himmel, deine Tomaten sehen ja prächtig aus! Groß wie Kürbisse. Wird Zeit, sie zu pflücken, oder?“

„Lenk nicht ab, Mike“, sagte Jenny. „Wem bist du denn diesmal zu nahe getreten?“

„Daß du auch immer alles wissen willst!“ stöhnte McCoy.

„Das ist nun mal mein Job, Mike“, erwiderte sie und warf ihr langes Haar zurück.

Jenny Blake schlug sich recht und schlecht als freie Journalistin in San Francisco durch. Sie arbeitete hart daran, sich einen Namen zu schaffen und mit dem Geld, das sie selbst verdiente, auszukommen. Dabei hätte sie das nicht nötig gehabt. Sie stammte aus einem reichen Elternhaus. Ihrem Vater gehörte oben in Nappa Valley ein riesiges Weingut, das zu den besten und ertragreichsten Amerikas zählte. Seinem einzigen Kind hatte er stets alle Wünsche erfüllt.

Vor knapp zwei Jahren war Jenny aus diesem goldenen Käfig ausgebrochen, weil sie das Gefühl hatte, von den Millionen ihres Vaters erdrückt zu werden. Sie wollte ihren eigenen Weg gehen, unabhängig sein und beweisen, daß der Reichtum sie nicht verdorben hatte. Es war keineswegs nur eine Laune von ihr. Mike McCoy hatte seine Zweifel an der Ernsthaftigkeit ihres Tuns gehabt, doch mittlerweile hatte sie ihn überzeugt. Und doch, manchmal konnte er sich eine bissige Bemerkung einfach nicht verkneifen. So wie jetzt zum Beispiel.

„Wäre dies nicht ein wunderschöner Tag, um mit ein paar Playboys im Rolls Royce zum Picknick hinaus aufs Land zu fahren?“ fragte er spöttisch.

Das Blut schoß Jenny ins Gesicht. „Oh, das ist so gemein von dir!“ fauchte sie ihn mit der Wildheit einer gereizten Raubkatze an, und ihre Augen funkelten. „Deine Bemerkung verrät eine Menge Neid, weißt du das? Ich kann nichts dafür, daß mein Vater Millionär ist und deiner nicht. Ich kann auch nichts dafür, daß du nicht gerade das Zeug zum Playboy hast, mein Lieber!“

Mike McCoy bereute schon, daß er sie gereizt hatte. „Es war nicht persönlich gemeint“, besänftigte er sie. „Du siehst einfach nur so umwerfend aus, wenn du wütend bist.“

Ein unsicherer Blick traf ihn. „Komplimente aus deinem Mund?“ fragte sie mißtrauisch.

Er zog die Augenbrauen hoch. „Nun, auch ich bin für die unübersehbaren Reize einer hübschen Frau nicht unempfänglich.“

Jenny wurde wider Willen rot. „Du bist wirklich ganz schön geschickt. Aber ich lasse nicht locker. Wie wäre es, wenn du mir zu einer guten Story verhelfen würdest?“ brachte sie das Gespräch auf die letzte Nacht zurück.

„Es gibt keine Story“, erwiderte McCoy.

„Mike?“

„Ja?“

„Wer bringt dir immer frisches Gemüse?“

„Du“, gab McCoy zu.

„Und wie sieht es mit deinen Hemden und Hosen aus?“ wollte sie wissen. „Wer bügelt die, wenn du mal wieder so knapp bei Kasse bist, daß du sie noch nicht mal drüben zum Chinesen bringen kannst?“

„Ich vertraue sie dir an“, brummte er.

„Und wer leiht dir Staubsauger, Toaster, Mixer, Grill und wer weiß was noch, wenn deine Haushaltsgeräte ausfallen, was bei dir ja reichlich oft der Fall ist?“

„Nun, ich sorge dafür, daß die Kapazität deiner Geräte ausgelastet wird“, sagte McCoy.

„Und wer kümmert sich um Tex, wenn du mal längere Zeit

nicht auf deinem Kahn bist?“

„Dann hast du das Vergnügen seiner Gegenwart“, sagte McCoy mit schiefem Lächeln.

Jenny nickte nur. „Das wollte ich nur hören, Mike. Du verschaffst mir wirklich außerordentlich viel Vergnügen.“

Mike McCoy seufzte und gab sich geschlagen. „Okay, du hast gewonnen, Jenny. Ich will nicht so sein. Was ich weiß, kriegst du zu hören. Aber du mußt wie immer versprechen, dein Wissen vorerst unter Verschluß zu halten.“

Ihr Gesicht leuchtete auf. „Mensch, das versteht sich doch von selbst!“ versprach sie eifrig. „An was für einem Fall arbeitest du?“

„Wäre froh, wenn ich das selbst wüßte“, knurrte McCoy. „Aber ich erzähl dir nachher alles. Lucky wartet drüben am Jachthafen auf mich. Vielleicht willst du mitkommen?“

Jenny schüttelte den Kopf. „Hab genug zu tun. Ich warte hier auf dich. Und grüß Lucky von mir, den Unverbesserlichen.“

„Werde ich“, versprach McCoy und beeilte sich, daß er zu seinem Wagen kam.

Bloody Mary, schön scharf gewürzt

Lucky Manzoni saß schon draußen an einem der weißen Tische des Restaurants, das direkt neben dem malerischen Jachthafen lag und ein Stück auf das Wasser hinausgebaut war, als Mike McCoy mit Texas auf der Schulter auf der Terrasse auftauchte. Vor ihm stand ein opulentes Frühstück, das aus einem Berg Rühreier, gebratenen Speckstreifen, Bratkartoffeln und einer

Batterie Toastscheiben bestand.

„Ah, da bist du ja endlich!“ rief Lucky aufgekratzt und winkte ihm mit der Gabel zu. „Eigentlich hatte ich auf dich warten wollen, aber mir war so schlecht vor Hunger, daß ich einfach schon anfangen mußte. Du weißt ja, ich habe einen so empfindlichen Magen.“

Mike McCoy verzog das Gesicht. „Ja, so robust und unersättlich wie der eines Ochsen.“

„Dein Spott zeugt von mangelndem Verständnis“, beklagte sich Lucky. Doch sein Appetit schien von McCoys Spott nicht im geringsten beeinträchtigt worden zu sein.

„Bloody Mary“, bestellte der Privatdetektiv, als die junge Kellnerin zu ihm an den Tisch trat und nach seinen Wünschen fragte. „Schön scharf gewürzt.“

„Ist das alles?“ fragten Lucky und das Mädchen ungläubig und wie aus einem Mund.

„Nein, natürlich nicht. Für meinen Freund hier eine Schale Erdnüsse“, fügte McCoy ungerührt hinzu.

Kopfschüttelnd entfernte sich die Bedienung.

Lucky sah seinen Freund ernstlich besorgt an. „Ich hätte nicht geglaubt, daß dir das mit den Calese-Brüdern so auf den Magen schlagen würde, Mike. Ich gebe ja zu, daß die ganze Geschichte ein wenig . . . na ja, unerfreulich ist, aber *so* ernst, daß du schon am frühen Morgen solch eine feurige Ladung in dich hineinkippen mußt, ist sie nun auch wieder nicht.“

„Darf ich dich daran erinnern, daß eine Bloody Mary vor allem aus Tomatensaft, Pfeffer und scharfer Tabascosoße besteht und nicht etwa aus purem Alkohol?“ erwiderte McCoy. „Ich kann so einen Muntermacher höllisch gut gebrauchen, denn der gestrige Tanz mit deinen Mafia-Freunden . . .“

„Bitte!“ protestierte Lucky theatralisch.

„. . . war ja nur der Auftakt für eine lange Nacht“, fuhr McCoy unbeirrt fort und strahlte die Bedienung an, die den Drink und die Nüsse brachte.

„Lange Nacht?“ echote Lucky verwundert. „Ich dachte, du wärest reif fürs Bett gewesen?“

Mike McCoy nahm einen kräftigen Schluck, schüttelte sich, als der wahrlich scharf gewürzte Tomatensaft seine Kehle hinunterrann und ihm das Gefühl vermittelte, jede Haarwurzel auf dem Kopf einzeln spüren zu können, und berichtete Lucky schließlich, wie er die Nacht verbracht hatte.

Fast vergaß Lucky darüber sein Frühstück. „Bei allen Heiligen, das ist ja ein dickes Ei!“ stieß er hervor. „Und der Koffer ist bis obenhin mit Geldscheinen vollgestopft?“

„Richtig.“

„Und es sind gut zweihunderttausend Dollar?“ vergewisserte sich Lucky mit erregter Stimme.

„Eher dreihunderttausend, würde ich sagen“, bestätigte Mike McCoy und ahnte schon, was nun kommen würde.

Lucky klatschte freudig in die Hände. „Dann ist ja alles in Butter!“ rief er.

„Gar nichts ist in Butter, mein Freund“, widersprach McCoy trocken. „Wenn du glaubst, dich nach Herzenslust aus dem Koffer bedienen zu können, bist du auf dem falschen Dampfer. Das Geld bleibt unangetastet!“

„Unangetastet? Himmel, eine Sünde wäre das!“

„Vergiß es.“

„Hör mal, ich will ja nichts geschenkt haben“, sagte Lucky. „Aber könntest du mir nicht ein bißchen Wechselgeld vorstrekken? Vielleicht so drei oder vier Riesen?“

„Viertausend Dollar? Bist du noch bei Trost?! Nicht einen müden Cent bekommst du von dem Geld zu sehen!“

„Mike, stell dich doch nicht so an! Heute habe ich meinen Glückstag. Wirklich! Ich spüre es im kleinen Finger. Heute ist Fortuna auf meiner Seite! Und gerade heute nacht trifft sich Ginos Clique zu einer heißen Pokerrunde. Mann, das ist ein Wink des Schicksals! Das wäre meine Chance!“ Luckys Augen blitzten vor wachsender Erregung. „Ich zieh die Burschen heute nacht bis auf die Socken aus. Ich bluff sie in den Keller. Sie werden wünschen, sich nie mit mir an einen Pokertisch gesetzt zu haben!“

„Ich denke, dieser Wunsch wird ihnen erspart bleiben“, meinte McCoy ungerührt.

„Vielleicht komme ich auch mit nur zwei Tausendern aus.“

„Deine Rühreier werden kalt.“

„Tausend sind aber wirklich das Minimum, um bei Gino einen guten Einstieg zu haben“, sagte Lucky in einem Tonfall, als würde er McCoy einen großen Gefallen tun.

„Iß deine Rühreier“, sagte McCoy gelangweilt.

Lucky ließ die Schultern sinken. „Also gut, dann eben keine Pokerrunde heute nacht“, seufzte er und fuhr fort, Speck und Rührei in sich hineinzuschaufeln. „Du bist ein richtig mieser Spielverderber.“

Mike McCoy lachte nur. Er kannte seinen spielbesessenen Freund zu gut, um seine Worte ernst zu nehmen.

„Was hast du jetzt mit all dem Kies vor?“ wollte Lucky wissen. „Sag bloß, du bringst dem dicken Austin den Koffer und vergißt die ganze Geschichte?“

„Ich neige nicht zum Vergessen, ganz besonders dann nicht, wenn man auf mich geballert hat“, erwiderte McCoy grimmig.

„So etwas nehme ich persönlich. Außerdem habe ich das Gefühl, daß Floyd ein wenig Hilfe verdammt gut gebrauchen könnte. Wenn ich ihn recht verstanden habe, sorgt er sich um seine Tochter Diana. Sie scheint sich in Gefahr zu befinden."

„Das klingt ganz so, als hättest du einen Auftrag übernommen."

„Erraten. Ich habe vor, ein wenig Licht in diese mysteriöse Geschichte zu bringen. Zuerst einmal werde ich mich in dem Viertel, wo er gewohnt hat, umhören. Nachbarn sind noch immer die besten Beobachter."

Lucky schob seinen Teller zurück. „Ich werde dir dabei Gesellschaft leisten. Vier Ohren hören mehr als zwei", verkündete er mit der ihm eigenen großspurigen Art. „Außerdem ist mir nach deiner herzlosen Abfuhr sowieso der Appetit vergangen."

Beinahe wäre Mike McCoy in schallendes Gelächter ausgebrochen, als er Luckys scheinbar todernstes Gesicht sah. Daß ihm der Appetit vergangen war, konnte niemanden erstaunen. Lucky hatte wahre Berge in sich hineingeschlungen und noch nicht einmal die Krümel vom Toastbrot auf dem Teller zurückgelassen.

„Das lastet natürlich schwer auf meiner Seele", spottete McCoy und winkte die Bedienung heran, damit Lucky auch sein Versprechen einhalten und bezahlen konnte.

Lucky ließ es sich nicht nehmen, ein geradezu üppiges Trinkgeld zu geben. Dann drängte er zum Aufbruch. „Komm, klären wir den Fall auf!" tönte er unternehmungslustig.

Mike McCoy stemmte sich mit einem schweren Seufzer aus dem Stuhl und murmelte Texas zu: „Das kann ja noch heiter werden."

Auf der Suche

Ein klarer, fast wolkenloser Himmel spannte sich über San Francisco. Es versprach wieder ein heißer Tag zu werden. Scharf zeichneten sich die Konturen der Wolkenkratzer vor dem Blau des Himmels ab, als Mike McCoy im Strom es gleichmäßig dahinfließenden Verkehrs die Golden-Gate-Brücke überquerte.

Er fuhr quer durch die Stadt, die vor Leben pulsierte. Menschentrauben hingen an den Cable Cars, die langsam die hügeligen Straßen hinaufkletterten und jenseits der Kuppe hinunterratterten, um den nächsten Anstieg in Angriff zu nehmen.

Das exotische und farbenprächtige Gewimmel von Chinatown flog rechter Hand an ihnen vorbei. Und schließlich bog Mike McCoy auf den Embarcadero ab, die Straße, die nahe am Bay-Ufer durch den langgestreckten Hafen mit seinen unzähligen Anlegestellen, Schuppen und Lagerhäusern führt. Alcatraz, die ehemalige Sträflingsinsel, auf der einst auch der berüchtigte Gangster Al Capone im Gefängnis gesessen hatte, hob sich deutlich aus dem glitzernden Wasser der Bucht.

„Warum hast du keine Klienten, die zur Abwechslung mal in einer anständigen Gegend wohnen?“ fragte Lucky mit gerümpfter Nase, als McCoy den Wagen in ein ausgesprochen mieses Viertel lenkte, wo sich Abfälle am Bordstein türmten und heruntergekommene Hausfassaden das Straßenbild bestimmten.

„Das wird wohl was mit meinen horrenden Honoraren zu tun haben“, scherzte McCoy und stellte den Wagen vor einem Pfandgeschäft ab, dessen Auslagen wohl seit Jahren keinen Staubwedel mehr zu sehen bekommen hatten. „Texas, du bleibst schön im Wagen. Und tanz nicht wieder auf der Hupe herum, verstanden?“

Das Rhesusäffchen sah ihn mit treuen, unschuldigen Augen an, als könnte es kein Wässerchen trüben.

Ein übler, muffiger Geruch schlug ihnen entgegen, als sie das triste Mietshaus betraten, in dem Floyd seine Wohnung hatte. Dämmerlicht herrschte im Treppenhaus. McCoy begann nun mit seiner Routinearbeit, indem er an Wohnungstüren klingelte und darauf hoffte, den einen oder anderen redefreudigen Nachbarn anzutreffen, um etwas über Floyd und seine Tochter zu erfahren.

Worauf er jedoch stieß, waren taube Ohren und unfreundliche Zeitgenossen, die ihn gar nicht erst ausreden ließen und ihm die Tür vor der Nase zuknallten.

„Hier möchte ich nicht Vertreter sein“, meinte Lucky, als ihnen ein Muskelprotz, den sie offensichtlich aus dem Schlaf geholt hatten, Prügel androhte, falls sich ihre Finger noch einmal auf seinen Klingelknopf verirren sollten.

„Geduld ist die halbe Miete“, erwiderte McCoy achselzukkend. Sich die Füße wundlaufen und sich den Mund fusselig reden, das war nun mal der überwiegende Teil der Arbeit eines Privatdetektivs – und nicht etwa wüste Verfolgungsjagden und wildes Herumgeballere.

Sie stiegen einen Stock höher und versuchten dort ihr Glück. Luckys enttäuschtes Gesicht hellte sich augenblicklich auf, als ihnen eine superhelle Blondine öffnete, die ihre augenscheinlichen Reize nur spärlich verhüllt hatte. Einladend lächelte sie sie an.

„Was darf's denn sein, Gentlemen?"

„Entschuldigen Sie die Störung, aber ich hätte Sie gern um einen Gefallen gebeten ...", begann McCoy mit seinem Spruch.

„Von Störung kann überhaupt nicht die Rede sein", fiel die Blondine ihm ins Wort. „Und was den Gefallen betrifft, so liegst du mit deinem Freund bei mir genau richtig, Süßer."

Lucky kicherte, und McCoy warf ihm einen tadelnden Blick zu. „Sie mißverstehen mich. Mir geht es um eine Information, Miss ..."

„Information?" Das verführerische Lächeln verschwand von einer Sekunde zur anderen von ihrem Gesicht. „Zieht Leine! Ihr habt euch wohl in der Adresse geirrt. Ich bin doch kein Auskunftsbüro!" Verärgert wirbelte sie herum und knallte die Tür zu.

Lucky und McCoy sahen sich an.

„Ich glaube, wir sind mit dem falschen Anliegen gekommen", meinte Lucky grinsend.

„Bilde dir bloß keine Schwachheiten ein", brummte McCoy, packte ihn rauh an der Schulter und gab ihm einen Schubs in Richtung Treppe. Sie hatten alle Wohnungen abgeklappert. Ohne jeden Erfolg. McCoy beabsichtigte nun, sein Glück bei den Inhabern und Verkäufern der umliegenden kleinen Geschäfte zu versuchen.

Als sie wieder am untersten Treppenabsatz angelangt waren und schon zur Straße hinaus wollten, bemerkte McCoy den Lichtschein, der aus dem Hinterhof durch eine schmale Tür neben dem Treppenaufgang in den Hausflur drang. Er hörte das schabende Kratzen eines Besens.

Mike McCoy trat in den grauen Hinterhof, gefolgt von Lucky. Ein stämmiger Mann in alten, grauen Drillichhosen und einem schäbigen Unterhemd fegte die Betonplatten vor einer Reihe von Abfalltonnen. Mißtrauisch musterte er die beiden Männer.

„Hab alles gesagt, was ich weiß", knurrte er abgehackt, als McCoy wieder seinen Spruch aufgesagt hatte. „Und ich weiß nichts, Bulle."

McCoy hielt ihm seine Lizenz hin. „Wir sind nicht von der Polizei, Mister."

„Privatschnüffler", brummte der Mann. „Auch nicht viel besser. Lasse nichts auf Floyd kommen."

„Sind Sie ein Freund von ihm?" fragte McCoy hoffnungsvoll.

„Und wenn? Was geht Sie das an?"

Mike McCoy bewahrte sein freundliches Lächeln. „Eine ganze Menge, Mister . . ."

„Den Mister können Sie sich sparen. Ich bin hier der Hausmeister. Hank Crook."

„Okay, Hank. Jetzt hören Sie mir erst mal zu. Floyd kam gestern nacht zu mir, weil er in Schwierigkeiten steckte und Hilfe brauchte. Doch bevor er mir die ganze Story erzählen konnte, lag er mit einer Kugel in der Brust auf meinem Teppich. Es hätte nicht viel gefehlt, und ich hätte ihm Gesellschaft leisten können."

Das Mißtrauen wich nun etwas und machte aufmerksamem Interesse Platz. „Und was sollen Sie für Floyd tun?" fragte Hank Crook.

McCoy zuckte mit den Achseln. „Er kam ja nicht mehr dazu, mir das zu erzählen. Ich weiß nur, daß er sich Sorgen wegen seiner Tochter Diana machte. Vielleicht können *Sie* mir mehr erzählen", sagte er und hielt ihm einen Fünfziger hin.

Blitzschnell verschwand der Schein in Hanks Drillichhose. „Tja, wenn das so ist... Also, ich weiß nur, daß Floyd ein feiner Kerl ist und seine Tochter abgöttisch liebt. Und er ist immer fröhlich und hilfsbereit. Und zeichnen kann er... wie dieser Michel sonstwas."

„Michelangelo!" machte sich Lucky mit fast entrüstetem Tonfall bemerkbar und warf sich in die Brust. „Einer meiner Vorfahren!"

„Wie? Zeichnet Ihr Freund auch?" fragte Hank.

McCoy verzog das Gesicht. „Ja, er arbeitet mit Öl", brummte er ärgerlich über Luckys Einmischung. „Aber zurück zu Floyd und seiner Tochter."

„Ein bildhübsches Ding!" schwärmte der Hausmeister. „Floyds ganzer Stolz. Seine Frau hat ihn vor sechzehn Jahren sitzenlassen, und er hat sich all die Zeit um sein Kind gekümmert. War gar nicht begeistert, als sie vor ein paar Monaten bei ihm ausgezogen ist und sich mit irgendeinem anderen Mädchen ein eigenes Apartment genommen hat. Will als Fotomodell Karriere machen. Wird's schon schaffen, die Kleine. Also, bei der Figur..."

Mike McCoy quetschte den Hausmeister gründlichst aus. Doch leider wußte Hank Crook weder den Namen von Dianas Freundin noch die neue Adresse. Hank wußte eigentlich verdammt wenig, zumindest nichts, was fünfzig Dollar wert gewesen wäre. Daß Floyd seinen Lebensunterhalt hauptsächlich mit dem Zeichnen von Zehn-Minuten-Porträts für Touristen unten am *Fisherman's Wharf,* dem alten traditionellen Fischerhafen und Tummelplatz der Touristen, bestritt, war keine Information, die ihn weiterbrachte.

„Hat es denn in letzter Zeit nicht irgendeinen Zwischenfall gegeben, der darauf schließen läßt, daß Floyd in Schwierigkeiten steckte?“ fragte McCoy eindringlich. „Irgendeinen Hinweis von ihm . . .“

Hank Crook schüttelte den Kopf.

„. . . oder von anderen?“

Wieder das Kopfschütteln.

„Erinnern Sie sich denn an gar nichts?“

Hank Crook wollte erneut den Kopf schütteln, doch plötzlich blitzte es in seinen Augen auf. „Warten Sie! Da war diese Sache vor zwei Monaten, kurz nachdem Diana hier ihre Zelte abgebrochen hatte.“

„Was für eine Sache?“ hakte McCoy sofort nach.

Hank zuckte mit den Schultern. „Es war irgendwie merkwürdig. Ich kam zu ihm hoch, um was in seinem Bad zu reparieren. Hier ist ja ständig was kaputt. Na ja, die Tür stand auf, und ich hörte, wie er den Telefonhörer auf die Gabel knallte und tobte und vor sich hin fluchte. So hatte ich ihn noch nie erlebt.“

„Er fluchte? Haben Sie behalten, was er dabei von sich gegeben hat? Irgendeinen Namen?“

Hank Crook furchte die Stirn. „Ja, das hat er. Jetzt erinnere ich mich. War ein merkwürdiger Name. Buffalo. Richtig, das war es. Buffalo! Ist kein Witz. Hab ihn behalten, weil er so ungewöhnlich war. Buffalo. Das ist alles.“

Mike McCoy konnte nicht behaupten, daß ihm zu diesem Namen eine Menge einfiel. Aber das hatte nichts zu besagen.

„Fünfzig Dollar für solch einen Schwachsinn!“ erregte sich Lucky, als sie wenig später im hübsch aufgeheizten Wagen saßen und McCoy dem Motor gut zuredete, damit er endlich ansprang. „Buffalo! Warum nicht gleich Sitting Bull? Der hat dich auf den Arm genommen. Wir sind doch hier nicht im Wilden Westen! Aber dafür legst du fünfzig Mäuse hin. Und für einen guten, treuen Freund, der dir stets hilfreich zur Seite steht . . ."

„Apropos hilfreich", fiel McCoy ihm ins Wort. „Ich muß jetzt noch ein paar Viertel abklappern und einige meiner Informanten aufstöbern."

„Dabei bin ich dir bestimmt nur im Weg", meinte Lucky hastig. „Ich sehe besser zu, daß ich jemanden finde, der mir aus meiner geringfügigen Verlegenheit hilft."

„Don Lucco hat dafür bestimmt ein anderes Wort", bemerkte McCoy.

„Such du nur deinen Buffalo", brummte Lucky und ließ sich von ihm am Washington Square absetzen.

Snake - die Schlange

Ohne Zuträger aus der Halb- und Unterwelt kann kaum ein Polizist oder Privatdetektiv auskommen. Glücklicherweise gibt es immer einige Ganoven, die sich durch den Verkauf von heißen Informationen einen schnellen Dollar verdienen wollen. Aber auch Gangster von schwerem Kaliber sind unter Umständen bereit, Tips zu geben – nämlich dann, wenn es darum geht, einen unliebsamen Konkurrenten ans Messer zu liefern oder eine noch offenstehende Rechnung zu begleichen. Man muß nur wissen, wen man wann und wo auf was ansprechen kann.

Mike McCoy kannte sich in dem Geschäft aus. Im Laufe der Jahre hatte er sich sein eigenes Netz von hilfreichen Zuträgern aufgebaut. Doch es war jedesmal zeitraubend, seine stillen Informationsquellen im Sumpf der Großstadt aufzustöbern. Besonders am hellichten Tag.

Sein bester und zuverlässigster Mann war Mike Mooney, ein kleiner schwarzhäutiger Ganove, dem man wegen seiner außergewöhnlichen Schnelligkeit und Wendigkeit den Spitznamen „Snake" gegeben hatte, und darauf war er stolz. Er bewegte sich auch wirklich so fix wie eine Schlange. McCoy hatte ihm einmal einen großen Gefallen getan, von dem Sergeant Austin besser niemals erfuhr.

Stunden vergingen. Mike McCoy lief sich die Füße müde. Fast hatte er die Hoffnung, Snake doch noch irgendwo zu finden, schon aufgegeben, als er schließlich in einer schäbigen Kneipe auf ihn stieß. Beinahe hätte er den zierlichen Schwarzen übersehen, was nicht sonderlich verwunderlich gewesen wäre. Der Besitzer der Kneipe war bestimmt nicht der Erfinder des Flutlichts. Das einzige Licht im Raum kam von zwei schwachen, roten Leuchten über der Theke, an der zwei abgerissene Gestalten hockten und zusammen mit dem hohlwangigen Barkeeper auf den Fernseher starrten, der zwischen einer Batterie von Gläsern im Wandregal stand.

Snake saß rechts von der Tür an einem wackligen Tisch. Die in teuren Lederboots steckenden Füße ruhten auf der Tischkante. Er verzog das Gesicht zu einem breiten Grinsen, als er Mike McCoy erblickte.

„He, Mann, mal wieder auf der Straße, Mann?" begrüßte er ihn mit dem typischen Singsang der Schwarzen. „Hab deine Schnüffelnase lange nicht mehr gesehen, Mann."

McCoy erwiderte das freundschaftliche Grinsen und setzte sich zu ihm. „Muß mein Brot verdienen, Snake."

„Is 'ne verdammt lausige Art, wie du das machst, Mann. Mach's wie ich, Mann. Bin schon längst von Brot auf Zuckerguß umgestiegen. Bist doch 'n smarter Typ für 'nen Weißen", spottete er.

„Danke. Zuckerguß bekommt mir nicht.

„Na komm schon, Mann, spuck's aus", forderte Snake ihn auf. „Wen haste diesmal auf deiner Liste?"

Unauffällig blickte sich McCoy im Raum um. Niemand schenkte ihnen Beachtung. Die beiden Figuren, die drüben an der Theke herumlungerten und außer ihnen die einzigen Gäste waren, nahmen den Blick nicht von der Flimmerkiste, die mit voller Laustärke dröhnte.

„Sagt dir der Name Buffalo etwas?"

Das kurze Aufleuchten in den Augen seines Informanten verriet McCoy, daß Snake mit dem Namen sehr wohl etwas anzufangen wußte. Doch dieser dachte nicht daran, es sofort zuzugeben. Es gab zwischen ihnen ein gewisses Ritual, das stets eingehalten wurde.

„He, Mann, Frisco ist kein Dorf, und Namen findste jede Menge im Telefonbuch. Doch 'n Buffalo wirste da nicht finden, Mann", begann Snake das altbekannte Spiel. „Kann sein, daß ich den Namen schon mal gehört habe, kann aber auch sein, daß nicht."

Mike McCoy zog einen Fünfziger hervor. Floyd kann es verkraften, dachte er. „Wie sieht es jetzt mit deinem Gedächtnis aus, Snake?"

„Mann, langsam regt sich was bei mir. Buffalo . . . Buffalo . . . Ich krieg's noch nicht ganz zusammen, Mann."

„Vielleicht geht's nun besser", meinte McCoy und schob ihm noch einen zweiten Schein zu. Snake wußte selbst immer ganz genau, was eine Information wert war. Und wenn er einen Hunderter verlangte, war der Tip auch diese hundert Dollar wert.

„Mehr ist aber nicht drin, Snake. Nicht daß du denkst, diese beiden Fünfziger hätten noch ein paar willige Zwillingsbrüder."

Snake grinste. „Mann, jetzt hab ich's wieder drauf. Buffalo! Das ist der Bursche, der immer in lederner Fransenjacke, Westernboots und mit Stirnband durch die Gegend schaukelt. Der hat den Wilden Westen hierher nach Frisco verlegt. Zieht 'ne tolle Nummer mit Würfeln ab, Mann. Der nimmt dich schneller aus, als du die Augen seiner Spezialwürfel zählen kannst."

„Besonders ausbalancierte Würfel?"

„Irre perfekt, Mann!" versicherte Snake. „Mußt sie schon mit 'nem Hammer aufschlagen, um ihm die krumme Tour nachweisen zu können."

„Für wen arbeitet er?" wollte McCoy wissen und fragte sich im stillen, was ein Mann wie Floyd Webster mit einem professionellen Falschspieler zu tun hatte.

„Buffalo läßt die Würfel in die eigene Tasche rollen. Manchmal hilft er mit seinen flinken Fingern auch in illegalen Spielclubs aus, wenn ein paar reiche Trottel gemolken werden sollen."

„Sonst noch was?"

„Yeah, Mann", sagte Snake gedehnt. „Buffalo hat recht gute Verbindungen zu einigen der großen Nummern hier in Frisco. Also zieh dich warm an, wenn du ihm auf die Zehen treten willst. Könntest dabei ungewollt einem der fetten Bosse unangenehm auffallen und dich unbeliebt machen."

Mike McCoy quittierte das mit einem schiefen Grinsen. „Wäre nicht das erste Mal, Snake. Wo kann ich Buffalo finden?"

„Immer da, wo die Würfel heißrollen, Mann. Und das weiß man immer erst, wenn die Nacht schon halb rum ist. Es sei denn, jemand steckt einem was."

Mike McCoy verstand den Wink sehr wohl und opferte noch einen Schein von Floyds Barschaft. „Du hast meine Nummer, Snake. Ich brauche nur den Namen des Clubs und die Uhrzeit. Und wenn ich mal nicht auf meinem Dampfer sein sollte, kannst du deinen Spruch dennoch loswerden. Das Band läuft immer mit."

„Yeah, Mann, werde sehen, was sich schaukeln läßt", versicherte Snake. „Und halt dir den Rücken frei!"

McCoy nickte ihm zu und trat ins grelle Sonnenlicht hinaus. Mit dem, was er erreicht hatte, konnte er zufrieden sein. Auf Snake war Verlaß. Er würde Buffalo über kurz oder lang aufstöbern und ihm, Mike McCoy, frühzeitig Bescheid geben.

Auf dem Weg zurück nach Sausalito hielt Mike McCoy am *Fisherman's Wharf* an und begab sich in eines der zahlreichen Fisch-Restaurants direkt am Hafen. Er erlaubte sich den Luxus, eine halbe Flasche trockenen Weißwein und einen frischen, zarten Hummer zu bestellen. Floyd erwartete bestimmt nicht von ihm, daß er sich mit einem Hamburger oder Hot dog begnügte. Und McCoy vertrat die Meinung, daß man sich stets der Kasse seiner Klienten anpassen sollte – was ihm in diesem Fall nicht sonderlich schwerfiel.

Während des vorzüglichen Essens dachte er an Jennifer

Blake. Bestimmt wartete sie schon volle Ungeduld auf ihn, die Bleistifte gespitzt. Sie hatte großes Talent, das mußte man ihr lassen. Und sie nahm ihre Arbeit ernst. Sie war überhaupt eine bemerkenswerte Frau.

Die Sonne stand schon tief im Westen über der glitzernden pazifischen See, als McCoy die Rechnung kommen ließ und sich in gehobener Stimmung auf den Heimweg machte. Er ahnte nicht, daß seine gute Laune nur von kurzer Dauer sein würde.

Kundenbetreuung à la Roberto

Mike McCoy lief geradewegs in eine Falle. Als er sein Hausboot betrat und die Kabinentür zu seinem Wohnzimmer öffnete, merkte er einen Augenblick zu spät, daß etwas nicht stimmte. Doch dieser kurze Augenblick genügte.

Aus dem Halbdunkel des Raumes sprangen zwei Gestalten auf ihn zu. Kräftige, sehnige Hände packten ihn und rissen ihn nach vorn.

„Nur keine Hemmungen! Fühl dich wie zu Hause!“ rief eine ihm nur zu vertraute Stimme.

Enrico und Roberto! schoß es McCoy mit jähem Schrecken durch den Kopf. Im selben Moment bohrte sich eine Faust in seinen Magen. Hummer und Weißwein protestierten gegen diese rohe Behandlung, und McCoy blieb die Luft weg. Er klappte wie ein Taschenmesser zusammen, doch ein Kinnhaken brachte ihn wieder in die Senkrechte.

Mit glasigen Augen torkelte der Privatdetektiv durch den

Raum. Das chaotische Durcheinander registrierte er nur noch im Unterbewußtsein. Bücher und Bilder lagen über den Boden verstreut, die Schubladen seines Schreibtischs waren herausgerissen und geleert worden, und kein Stück Möbel stand mehr an seinem alten Platz.

Mike McCoy kam nicht dazu, sich weiter Gedanken darüber zu machen. Enrico und Roberto nahmen ihn sich systematisch vor.

Er wehrte sich so gut es ging, doch der Schleier vor seinen Augen wurde immer dichter und der Schmerz intensiver. Schließlich versagten ihm Arme und Beine den Dienst, und er fiel zu Boden.

„Okay, das genügt als Willkommensgruß", drang eine Stimme, die weder zu Enrico noch zu Roberto gehörte, wie aus weiter Ferne an McCoys Ohr.

„Bin jetzt gerade erst warm geworden", begehrte Roberto auf.

„Es reicht, habe ich gesagt!"

„Okay, Boss, okay", sagte Roberto hastig.

Mike McCoy kam langsam wieder zu sich. Sein Unterkiefer fühlte sich taub an, während seine ganze Rippenpartie brannte, als hätte ihm jemand kochendes Öl darüber gegossen. In seinem Schädel dröhnte es, als würde man ihn mit einem Vorschlaghammer bearbeiten. Er schmeckte Blut und zuckte schmerzhaft zusammen, als seine Zunge unwillkürlich über die Platzwunde an der Unterlippe glitt.

Mühsam brachte er sich in eine sitzende Stellung. Der Schleier lichtete sich vor seinen Augen, und alles um ihn herum nahm nun wieder scharfe Konturen an.

Vorsichtig bewegte Mike McCoy den Unterkiefer hin und

her, während er den untersetzten Mann in dem seidenen, eierschalenfarbenen Anzug musterte, der lässig ihm gegenüber auf einer Sessellehne hockte und genüßlich an einer langen, dicken Zigarre sog.

„Don Lucco, wenn ich mich nicht sehr täusche", brachte der Privatdetektiv krächzend heraus. Soweit er das feststellen konnte, hatte er sich nichts gebrochen. „Ich sehe, Sie haben es sich mit Ihren Gorillas schon gemütlich gemacht."

Der dickliche Kredithai mit dem rosigen Gesicht verzog die Lippen zu einem dünnen Lächeln. „Ich muß zugeben, daß Ihr Wohnzimmer nicht gerade einladend wirkt, mein Freund. Aber das geht nicht auf unser Konto. Ihre Einrichtung war schon so... umgeräumt worden, als wir uns die Freiheit nahmen, uns hier Zutritt zu verschaffen, um Sie mit unserem Besuch zu überraschen."

Enrico und Roberto, die ihn flankierten, blickten mit höhnischer Genugtuung auf ihn herab.

„Das war wirklich zuviel der Ehre", brummte McCoy und fluchte im stillen. Wenn Don Luccos Handlanger nicht für dieses Chaos verantwortlich waren, bedeutete das, daß er sich mit zwei verschiedenen Parteien im Clinch befand. Einmal mit Don Lucco und seiner Gang und dann noch mit Floyds ganz speziellen Freunden, wer immer diese sein mochten. Und das war mehr Ärger, als er verkraften konnte.

Don Lucco schnippte die Asche von seiner Zigarre auf den Teppichboden. „Ich nehme mir gern die Zeit, neue Kunden persönlich kennenzulernen."

„In Kundenbetreuung sind wir ganz groß", fügte Roberto hämisch hinzu.

„Neue Kunden?" stieß McCoy verdutzt hervor. „Ich schulde

Ihnen nicht einen Cent!"

Don Lucco klappte ein kleines Notizbuch auf. „Sie irren, McCoy. Ihre Schuld beträgt genau tausend Dollar", sagte er mit einem falschen Lächeln. „Ich war so frei, die Schulden von unserem gemeinsamen Freund Lucky auf Sie zu übertragen. Sie haben sich gestern ja so sehr für den Armen eingesetzt, daß ich der festen Überzeugung bin, daß diese Regelung ganz in Ihrem Sinne ist. Sonst hätten Sie sich ja da herausgehalten, nicht wahr?"

„Hören Sie, so läuft das nicht!" protestierte McCoy und erkannte mit Schrecken, daß er sich selbst in diese Sackgasse manövriert hatte.

„Sie können bar bezahlen oder mir einen Scheck oder Schuldschein geben", fuhr Don Lucco gelassen fort. „Ich bin ein vertrauensvoller Mensch und weiß, daß Sie Ihren Verpflichtungen nachkommen werden."

„Ein Krankenhausbett für vier Wochen kommt teurer als tausend Dollar", bemerkte Enrico spöttisch. „Aber wenn dir ein paar Wochen Schwesternpflege lieber sind, arrangieren wir das schon."

Mit finsterer Miene starrte Mike McCoy von einem zum anderen. Sie hatten ihn in der Zange. Entweder er tat, was sie von ihm verlangten, oder aber er würde die nächsten Wochen Krankenhauskost genießen. Er zerquetschte einen bitteren Fluch, der auch Lucky galt, zwischen den Zähnen.

„Ich weiß nicht, ob ich tausend zusammenkriege."

„Auf den Rest gebe ich gern Kredit", beruhigte ihn Don Lucco.

Er bekam die tausend Dollar zusammen. Von dem Packen Fünfziger, den er am Morgen eingesteckt hatte, waren noch achthundert Dollar übrig. Die restlichen zweihundert steuerte er aus eigener Tasche bei.

Mike McCoy hatte einen sehr bitteren Geschmack im Mund, als er Don Lucco das Geld auf die Hand zählte, das ihm gar nicht gehörte. Doch davon, daß er sich von diesen Gangstern die Knochen brechen ließ, hätte Floyd auch nichts. Irgendwie würde er das schon wieder in die Reihe bringen. Zuerst einmal mußte er sich Don Lucco und dessen menschliche Bluthunde vom Hals schaffen.

Don Lucco steckte das Geld ein. Er ließ die Zigarre zu Boden fallen und drückte sie erst dann genüßlich mit dem Absatz aus, nachdem sie ein Loch in den Teppich gebrannt hatte. Dann erhob er sich. „Es war mir ein ausgesprochenes Vergnügen, mit Ihnen Geschäfte zu machen, McCoy." Mit kalter, drohender Stimme fügte er hinzu: „Bei Bedarf bin ich gern bereit, dies zu wiederholen. Lassen Sie es mich nur wissen."

„Zu freundlich", knurrte McCoy und stemmte sich hoch.

„Mach dir keine unnötige Mühe, Schnüffler. Wir finden hier schon hinaus", sagte Enrico mit einem hinterhältigen Grinsen. „Machst ganz den Eindruck, als könntest du noch etwas Ruhe gebrauchen." Und ohne Vorwarnung schlug er zu.

Mike McCoy sah die Faust kommen, schaffte es jedoch nicht, ihr auszuweichen. Sie landete genau auf der Kinnspitze und gab ihm den Rest. Er verdrehte die Augen, gab einen schwachen Seufzer von sich und war schon bewußtlos, als er zu Boden sackte. Tiefschwarze Nacht umgab ihn.

Ein Königreich für einen Eisbeutel

Jemand rüttelte ihn sanft an der Schulter, und besorgte Worte drangen an sein Ohr, als Mike McCoy langsam aus der Ohnmacht erwachte.

„Mike, um Gottes willen, so sag doch was!"

Der Privatdetektiv schlug die Augen auf und blickte in Jennifers Gesicht, das von echter Sorge gezeichnet war. Sein Kopf ruhte in ihrem Schoß.

„Hi, Jenny", murmelte er schwach.

„Bist du in Ordnung?"

Er lächelte schwach. „Ich hab schon mal schlechter gelegen. Dein Schoß ist ein angenehmes Ruhekissen!"

Jenny errötete. „Ich sehe, du bist wieder der Alte. Dann kann ich ja gehen!"

Mike McCoy richtete sich hastig auf, stöhnte schmerzhaft und ergriff ihre Hand. „Bleib noch was, Jenny!" bat er. „Ich hab's nicht bös gemeint ... im Gegenteil."

Jennys ärgerlich gefurchte Stirn glättete sich. „Wie wäre es mit einem Eisbeutel?" fragte sie, als er sich stöhnend auf der Couch ausstreckte.

„Ein Königreich für einen Eisbeutel!" seufzte McCoy.

„Bin gleich zurück!" rief Jenny und eilte in die Küche.

In dem Moment fiel McCoy siedendheiß der Koffer mit dem Geld ein. Ob die Kerle, die hier alles auf den Kopf gestellt hatten, ihn gefunden hatten? Mühsam erhob er sich von der Couch und ging zum Schrank im Schlafzimmer, wo er ihn versteckt hatte. Gott sei Dank! Das Prachtstück war noch da!

Erleichtert stolperte er zurück und ließ sich wieder auf die Couch sinken. Jenny kam mit einem prall gefüllten Eisbeutel aus der Küche.

„Jenny, du bist der Engel aller Gequälten", sagte McCoy dankbar und preßte den Eisbeutel auf seine Stirn. „Ich weiß gar nicht, was ich ohne dich anfangen würde."

„Vermutlich würdest du dir einen Drink eingeschenkt haben", antwortete sie trocken und schob ihm ein Kissen unter den Kopf.

„Es ist erschreckend, wie gut du mich schon kennst", meinte er.

Jenny lächelte versonnen und bedachte ihn mit einem liebevollen Blick. Doch dann straffte sich ihre schlanke, sportliche Gestalt, und der weiche Ausdruck verschwand von ihrem Gesicht.

„Wie wäre es, wenn du mir jetzt erzählen würdest, was seit gestern alles passiert ist?" fragte sie.

Mike McCoy nahm den Eisbeutel von seinem Gesicht und blickte sie an. „Wie ich dich kenne, gibst du keine Ruhe, bis ich dir alles erzählt habe, nicht wahr?"

„Es ist erschreckend, wie gut du mich schon kennst", gab sie lächelnd zurück.

McCoy atmete tief durch und ließ den Beutel wieder auf Stirn und Augenpartie sinken. „Okay, du sollst alles erfahren. Aber vorerst schreibst du nichts darüber, ist das klar?"

„Ehrenwort, Mike!" Und mit wachsender Erregung lauschte sie nun seinem nüchternen Bericht über die Geschehnisse der letzten vierundzwanzig Stunden, angefangen mit seinem Besuch bei Lucky.

„Das sieht diesem Krauskopf mal wieder ähnlich!“ schimpfte Jenny auf Lucky, als McCoy ihr alles erzählt hatte. „Läßt dich seine Schulden bezahlen! Und was diesen Floyd betrifft, da hast du dir noch einen zweiten schrägen Vogel an Land gezogen. Wer sagt dir, daß er nicht doch Dreck am Stecken hat?“

„Niemand“, brummte McCoy. „Ich hoffe, daß er durchkommt und mich dann anständig bezahlt. Zuerst aber muß ich mal seine Tochter finden. Irgendwie habe ich das Gefühl, daß Floyd mich nicht angelogen hat.“

„Und du glaubst, daß dir dieser ... Buffalo weiterhelfen wird?“ fragte Jenny.

Mike McCoy versuchte zu lächeln. „Freiwillig sicherlich nicht. Aber es gibt ja Mittel und Wege, um jemanden zu einem Freundschaftsdienst zu überreden, nicht wahr?“

Jenny schüttelte lachend den Kopf. „Du bist wirklich nicht unterzukriegen, nicht wahr?“ fragte sie und dachte im stillen, daß es unter anderem wohl das war, wa sie so sehr an ihm bewunderte. Mike war wie ein optimistisches Stehaufmännchen. Er ließ nicht so schnell locker.

„Man tut sein Bestes“, erwiderte McCoy. „Sag mal, könntest du uns jetzt etwas Stärkendes zusammenmixen?“

„Mit Vergnügen, doch wird dieser Drink nicht einen Tropfen Alkohol enthalten!“ sagte Jenny entschlossen.

„Sehr wohl, Oberschwester, seufzte McCoy und sank wieder ins Kissen zurück.

Mike McCoy hatte den Eisbeutel noch immer auf dem Kopf, als Lucky gegen neun auf der *Titanic* auftauchte. Obwohl Jenny schon mit dem Aufräumen begonnen hatte, sah es doch noch recht chaotisch aus.

„Himmelherrgott, ist was passiert?“ stieß er verdutzt hervor.

„Nein“, brummte McCoy gereizt. „Ich bin rein zufällig ein paar dutzendmal in die Fäuste von deinen Mafia-Brüdern gerannt. Don Lucco hat deine Schulden bei mir abkassiert. Und Floyds ‚Freunde‘ haben hier ein bißchen umgeräumt. Sonst ist eigentlich nichts passiert.“

Lucky schluckte hart, als er Jennys vorwurfsvollen Blick bemerkte, und er wußte nicht, was er erwidern sollte. „Daß du... für mich bezahlt hast, rechne ich dir hoch an, Mike. Das... das war wirklich nobel von dir.“

„Verdammter Selbstschutz war das, sonst gar nichts!“ korrigierte Jenny ihn scharf.

Mike McCoy nickte zustimmend. „Und glaub ja nicht, daß du deine Sorgen, wo du die tausend Flöhe herholen sollst, los bist. *Ich* sitze dir von nun an im Nacken, Lucky. Ich denke nämlich nicht daran, deine Abenteuer am Spieltisch oder auf der Rennbahn zu finanzieren!“

„Zwei gegen einen, das ist nicht fair!“ Lucky warf sich in die Brust. „Außerdem, ein Luciano Manzoni ist noch keinem was schuldig geblieben.“

„Hört, hört“, sagte Jenny spöttisch.

„Nein, mit dem Mund ganz sicher nicht“, murmelte McCoy und fragte sich zum x-tenmal, weshalb er solch einen Narren an Lucky gefressen hatte –, trotz all dem Ärger, den er ihm ständig einbrockte. Und vermutlich stellte sich Jenny dieselbe Frage, denn im Grunde genommen konnte sie Lucky auch nicht ernstlich böse sein.

Erschrecken zeichnete sich auf einmal auf Luckys Gesicht ab. „Hast du nicht eben gesagt, die Burschen, die Floyd niedergeknallt haben, hätten dir hier die Bude auf den Kopf gestellt?"

„Zumindest nehme ich das an", antwortete McCoy. „Eine Visitenkarte habe ich natürlich nicht vorgefunden."

„Und der Koffer mit dem Geld?" fragte Lucky atemlos.

McCoy lächelte. „Nein, der ist ihnen entgangen. Hätte nie gedacht, daß ich mich mal über die morschen Bodenbretter im Kleiderschrank freuen würde. Zwei der Latten sind durchgebrochen, und der Koffer ist in den Hohlraum darunter gefallen. Zwei Bettlaken sind nachgerutscht, und so ist die Öffnung wohl übersehen worden."

Lucky atmete erleichtert auf und sank in einen Sessel. „Mann, Mike, es hätte wirklich schlimmer kommen können!"

„Was du nicht sagst!"

„Aber ja doch!" versicherte Lucky ernsthaft. „Wir haben mit Don Lucco und seinen Männern reinen Tisch gemacht..."

„Mike – und nicht du – hat die tausend Dollar hingelegt und die Prügel eingesteckt!" erinnerte Jenny ihn nachdrücklich.

„...und der Geldkoffer ist auch noch da", fuhr Lucky unbeirrt fort. „Und du hast einen zahlungskräftigen Kunden, während ich mich in Ruhe darum kümmern kann, meine Schulden bei dir zurückzuzahlen. Alles in allem sind wir eigentlich gar nicht so schlimm dran."

Jenny war sprachlos über Luckys Unverfrorenheit.

„Wenn du wüßtest, wie tröstend und schmerzlindernd deine Worte wirken", stöhnte McCoy.

Lucky erhob sich. „Ich will deiner Genesung nicht länger im Weg stehen, mein Freund. Ich werde mich um das Geld kümmern, damit du deine Klimaanlage reparieren lassen kannst. Es ist hier wirklich heiß wie im Brutofen!" Er lächelte

Jenny entwaffnend an und ging.

„Manchmal könnte ich ihn in die Arme schließen", meinte Jenny, „und manchmal könnte ich ihm den Schädel einschlagen."

„Das könnte auch ich gesagt haben", meinte McCoy lachend und fühlte sich schon bedeutend besser. „Ich habe den Eindruck, Lucky hat gemerkt, daß wir heute abend drauf und dran waren, das letztere in die Tat umzusetzen."

Das Telefon klingelte. Texas ließ es sich nicht nehmen, den Hörer abzuheben und wie gewöhnlich in die Muschel zu kreischen. McCoy nahm an, daß Texas an seinem Mangel an Klienten nicht so ganz unschuldig war.

Snake wußte von Texas und legte nicht sofort auf. Er wartete, bis McCoy sich meldete.

„Hab mich für dich umgehört, Mann."

„Und?"

„Dein Cowboy zieht seine Würfelshow heute nacht im *Green Palace* ab. Is 'n privater, illegaler Spielclub in North Beach. 'n Bursche namens Andy Clark schmeißt den Laden. Der Club selbst liegt über 'ner stinknormalen Bar. Im Gang zu den Toiletten führt 'ne Treppe hoch in den ersten Stock. Da die erste Tür rechts. Buck heißt der Aufpasser an der Tür."

„Wann genau?" fragte McCoy.

„Um elf haste 'ne gute Chance, Buffalo in Aktion bewundern zu dürfen, Mann."

„Noch etwas, das ich wissen sollte?" fragte McCoy.

„Yeah, Mann. Halt 'n Auge auf seinen rechten Stiefel", warnte Snake ihn. „Soll da im Schaft ein höllisch scharfes Messerchen stecken haben, das er garantiert nicht bloß zum Äpfelschälen durch die Gegend schleppt."

„Hab’s kapiert“, sagte McCoy, bedankte sich und legte auf. Jenny bedrängte ihn sofort mit Fragen und bekniete ihn, sie doch in den *Green Palace* mitzunehmen.

„Kommt nicht in Frage“, lehnte McCoy ab. „Ich kenne diesen Buffalo nicht. Die Sache könnte ins Auge gehen, und ich möchte nicht, daß du dann Schwierigkeiten bekommst.“

„Aber ich könnte dir helfen“, beharrte Jenny.

Er hob die Augenbrauen. „So? Wie denn?“

„Ich kann ein schickes Abendkleid anziehen, und du würdest mit mir an deiner Seite kaum Mißtrauen erregen“, sprudelte sie hastig hervor. „Man wird uns für ein harmloses Liebespaar halten, das sich in einem Spielclub amüsieren will.“

„Liebespaar, so“, murmelte McCoy und musterte sie mit einem schwer zu deutenden Blick, der Jenny das Blut ins Gesicht trieb. „Keine üble Idee.“

„Außerdem kann ich dir den Rücken frei halten, wenn du mit diesem Buffalo sprichst“, fuhr sie eifrig fort. „Ich bin eine scharfe Beobachterin, das weißt du. Außerdem bin ich nicht gerade hilflos. Immerhin habe ich mal Unterricht in Karate gehabt, und ich war nicht schlecht.“

Mike McCoy grinste. „Ich weiß, ich weiß. Vier Bretter meiner Bücherwand hat mich damals deine Demonstration gekostet.“

„Du hattest mir nicht glauben wollen!“

„Okay, du hast mich überzeugt. Schmeiß dich in Abendschale und trainiere deine Handkanten. In einer Stunde fahren wir nach Frisco rüber!“

Jenny strahlte ihn an.

Heißes Spiel im Green Palace

Mike McCoy wertete es als gutes Vorzeichen, daß er am Washington Square sofort auf eine Parklücke stieß, was ein kleines Wunder bedeutete. Es war zwanzig vor elf, und zu seinem eigenen Erstaunen fühlte er sich so fit und munter, als hätte er eine Woche Tiefschlaf hinter sich.

„Du hältst dich immer schön im Hintergrund", instruierte er Jenny, als sie sich unter das Menschengewimmel mischten, das durch die Straßen von North Beach wogte.

„Ich werde dein wachsamer Schatten sein!" versprach Jenny. Mike McCoy lachte plötzlich und musterte sie. „Von Schatten kann ja wohl kaum die Rede sein. Du blendest mit deiner Erscheinung jeden, so daß *ich* der Schatten bin!" Ein Anflug von Bewunderung schwang in seiner Stimme mit. Jenny sah in dem weißen, enganliegenden Abendkleid mit dem goldgesäumten Ausschnitt bezaubernd aus.

Jenny blickte ihn von der Seite an. „Darf ich das als Kompliment auffassen oder als Vorwurf?"

„Als Kompliment, Jenny."

Jenny hakte sich bei ihm ein. „Wir sind ein Liebespaar, vergiß das nicht!"

„Nun übertreib es nicht", murmelte McCoy, ließ sie aber gewähren.

North Beach ist *das* schillernde Vergnügungsviertel von San Francisco. Tür an Tür drängen sich hier Bars, Nachtclubs, Geschäfte, Absteigen, Restaurants und Cafés vom unterschiedlichsten Niveau. Das Paradies für Exzentriker und normale Touristen, für Künstler und Reiche, Berühmtheiten und Stadtstreicher, für zwielichtige Händler und Damen von zweifelhaftem Ruf, für Nachtschwärmer und Ganoven, Falschspieler und Gangster. Alles tummelt sich hier im farbigen Licht des flackernden Neondschungels, der alle Hausfassaden wie wild wucherndes Gewächs überzieht.

Der *Green Palace* erwies sich als gut besuchte Bar von mittlerer Preisklasse, die sich in nichts von hundert anderen dieser Art unterschied. Das Publikum war gemischt, größtenteils seriös und gut gekleidet. Die beste Tarnung für einen illegalen Spielclub.

Mike McCoy stellte sich mit Jenny an die Bar und registrierte irgendwie stolz die bewundernden und neidischen Blicke, die seiner Begleitung galten. Sie bestellten Cocktails, und McCoy beobachtete unauffällig die Tür, durch die man zu den Toiletten gelangte. Er fand die Information, die er von Snake erhalten hatte, bestätigt. Gut ein Drittel der Leute, die hinter der Tür verschwanden, kehrte nicht wieder in die Bar zurück.

„Okay, wagen wir unseren Einsatz", raunte McCoy ihr zu.

„Laß mich erst meinen Drink genießen", bat Jenny. „Es ist noch keine elf. Es passiert ja nicht alle Tage, daß du mich ausführst."

„Ich bin im Dienst", knurrte McCoy und stieß sich von der Theke ab. „Warte einen Augenblick und folge mir dann!"

„Aye, aye, Sir!"

Mike McCoy ging durch die Tür und gelangte in einen spärlich beleuchteten Flur. Von innen erhellte Schilder wiesen zu den gewissen Örtchen hin. Dahinter machte der Gang einen rechtwinkligen Knick und führte zu der Treppe, von der Snake gesprochen hatte.

Am Fuß der Treppe zündete McCoy sich eine Zigarette an und wartete auf Jenny, die im nächsten Augenblick um die Ecke des Ganges kam. Sie hängte sich lächelnd bei ihm ein und stieg an seiner Seite die Treppe hoch. Dann standen sie vor der Tür, hinter der der illegale Spielclub lag. Die Tür machte einen äußerst soliden Eindruck und war, wie McCoy annahm, bestimmt schallisoliert. In Augenhöhe war ein Spion eingelassen.

„Na denn", murmelte Mike McCoy und drückte den Klingelknopf. Es war nichts zu hören. Nur der Lärm aus der Bar drang zu ihnen in den ersten Stock.

Das Glas des Spions verdunkelte sich, dann wurde die Tür einen Spalt geöffnet. Ein Schrank von einem Mann musterte sie mit ausdruckslosem Gesicht, jedoch sehr eindringlich.

„Ja?" fragte er knapp.

„Wir sind auf ein paar heiße Spiele aus", erklärte McCoy ohne Umschweife.

Jenny kicherte, als hätte sie schon ein bißchen zu tief ins Glas geblickt. „Ja, ein paar heiße Spiele, Darling!" flötete sie begeistert.

„Das hier ist ein privater Club", erklärte der bullige Türsteher. „Nur Mitglieder haben Zutritt."

„Wir sind Mitglieder", erwiderte McCoy.

„Seit wann?"

„Seit diesem Moment, Buck", sagte der Privatdetektiv selbstsicher und steckte ihm zwei Fünfziger zu. „Wir haben die Adresse von einem guten Freund, der hier Stammkunde ist, Buck. Und nun laß uns vorbei. Glaube nicht, daß Andy es sehr schätzt, wenn du Spieler, die gut bei Kasse sind ..."

„Oh, und wie gut mein Darling bei Kasse ist“, zwitscherte Jenny dazwischen und schenkte dem Türsteher einen betörenden Blick.

„... hier draußen versauern läßt“, fuhr McCoy fort. „Und wenn wir Bullen wären, hätte ich mir die beiden Scheine sparen können.“

Der Türsteher grinste nun und gab den Weg frei. „Da ist was dran, Mister. Mehr als ’nen müden Zehner hätte ’n Bulle sicherlich nicht springen lassen. Viel Glück.“

Mike McCoy atmete innerlich auf und trat mit Jenny an seiner Seite in den Spielsalon, der seinen Namen *Green Palace* nicht zu Unrecht trug. Die verschiedensten Grüntöne, perfekt aufeinander abgestimmt, beherrschten das Bild. Der weiche, dicke Teppichboden, der alle Geräusche dämpfte, schimmerte in einem tiefen, kräftigen Grün, während die Wände in den Räumen mit zarter, lindgrüner Seidentapete bespannt waren. Die schweren Vorhänge vor den Fenstern lagen in ihrem Grünton zwischen dem des Teppichbodens und dem der Tapete. Und der grüne Filz der Spieltische paßte harmonisch ins Bild.

„Nicht übel, gar nicht mal so übel“, murmelte Jenny angenehm überrascht. „Hast du vor, erst einmal ein bißchen zu spielen, bevor du für Wirbel sorgst?“

„Ich habe das Spesenkonto schon kräftig genug strapaziert“, erwiderte McCoy. „Außerdem besteht kein Grund, Zeit am Spieltisch zu vertrödeln. Wenn mich nicht alles täuscht, steht da drüben unser Mann!“ Mit einer knappen Kopfbewegung deutete er auf einen mittelgroßen Mann Ende Zwanzig. Er trug schulterlanges Haar und ein Stirnband aus kleinen, farbigen Perlen sowie Westernboots und eine Fransenjacke aus Wildleder – ganz wie Snake ihn beschrieben hatte. Das konnte niemand anders sein als dieser Buffalo.

„Ein umwerfender Typ“, meinte Jenny sarkastisch.

McCoy nickte zustimmend und näherte sich dem Würfeltisch, wo Buffalo offensichtlich für den Club spielte. Eine Gruppe von kräftigen Kerlen in geradezu unpassend eleganten Smokings drängte sich um den Tisch und machte hohe Einsätze. Die Männer fluchten, als wieder einmal die Würfel rollten – und der Club gewann. Sie ahnten nicht, daß sie gegen Buffalo und seine Spezialwürfel nicht die geringste Gewinnchance hatten.

Mike McCoy ließ sich Zeit. Sorgfältig sah er sich um und prägte sich alles ein. Fünf Spieltische standen in diesem Raum. Neben dem Rundbogen, durch den man hinüber in den anderen Raum mit den Roulettetischen gelangte, befand sich eine kleine Bar. Und an der gegenüberliegenden Wand zogen sich intime Nischen entlang, in die man sich zurückziehen konnte.

„Du weißt, was du zu tun hast, Jenny?“

Sie nickte. „Du kannst dich auf mich verlassen, Mike. Ich werde die erste Angreifer-Welle zurückschlagen.“

Mike McCoy schmunzelte und zweifelte nicht daran, daß sie im Notfall genau das, was sie gerade scherzhaft geäußert hatte, tun würde. Und er dachte an die soliden Bretter seines Bücherregals, die sie zertrümmert hatte, weil er sich über ihre Karatefähigkeiten lustig gemacht hatte. Das war ein teurer Spaß gewesen.

Er konzentrierte sich nun auf seine Aufgabe und trat neben Buffalo an den Spieltisch. Die Einsätze waren gemacht, und der Falschspieler wollte gerade zu den Würfeln greifen, die auf dem grünen Filz lagen.

Mike McCoy war schneller. Mit einem raschen Griff nahm er die Würfel an sich, warf sie spielerisch hoch, fing sie auf und sagte mit einem entwaffnenden Lächeln zu den Spielern: „Fortuna hält für einen Augenblick den Atem an. Bedaure, das Spiel kurz unterbrechen zu müssen, Gentlemen. Doch ich bin sicher, Sie werden Verständnis für eine wichtige, rasche geschäftliche Besprechung haben. Es wird sofort weitergehen. In der Zwischenzeit gehen die Drinks selbstverständlich auf Kosten des Hauses."

„Ein Drink ist genau das, was ich jetzt brauche", meinte einer der muskulösen Spieler und erntete allgemeine Zustimmung. Die Aufmerksamkeit der Männer wandte sich von McCoy ab und der Bar zu.

Buffalo war so verblüfft gewesen, daß er mit offenem Mund dagestanden und kein Wort herausbekommen hatte. „He, was soll das?" stieß er nun hervor.

„Lächeln, immer hübsch lächeln, Cowboy!" zischte der Privatdetektiv ihm zu, ohne daß das freundliche Lächeln von seinem Gesicht schwand. „Ich könnte sonst auf den für dich fatalen Gedanken kommen, deine netten Würfelchen mit dem Kristallaschenbecher da drüben aufzuschlagen – vor den Augen der Spieler. Wetten, daß ihnen das, was sie dann zu sehen bekämen, nicht übermäßig gefallen würde!"

Buffalo erblaßte.

„Du sollst das Lächeln nicht vergessen, Django!" ermahnte McCoy ihn und zog ihn zur Ecknische hinüber. Mit einem Ruck zerrte er dann den schweren Vorhang zu und stieß Buffalo in einen der bequemen Sessel.

Der Falschspieler sackte mit gequältem Gesichtsausdruck in die weichen Polster, und seine rechte Hand fuhr scheinbar zufällig zu seinem rechten Stiefel hinunter.

Darauf hatte McCoy nur gewartet. Sein Fuß schoß vor und prellte dem Gangster das gefährliche Messer aus der Hand, das dieser aus der im Stiefel eingenähten Scheide gezogen hatte. Und bevor sich Buffalo von seiner Überraschung erholen konnte, hatte McCoy sich schon gebückt und das Messer an sich genommen.

„Genug der Späße!" fuhr er Buffalo an.

„He, Mann, ich verlange . . ."

„Einen Dreck hast du zu verlangen!" schnitt McCoy ihm kalt das Wort ab. „Wenn du dich nicht ein bißchen zugänglicher zeigst, lasse ich dich mit deinen gezinkten Würfeln hochfliegen. Und wenn die Kerle da draußen mit dir fertig sind, kannst du anschließend deine gebrochenen Knochen auskurieren. Außerdem werde ich dir die Bullen auf den Hals hetzen. Habe ich mich klar ausgedrückt, Cowboy? Oder brauchst du noch eine Lektion? Also, entscheide dich, was dir lieber ist!"

Angst flackerte in Buffalos Augen auf. „Was willst du von mir, Mann?"

„Ein paar Informationen. Aber versuch ja nicht, mir irgendein Märchen aufzutischen, Buffalo. Wenn ich mit deinen Antworten nicht zufrieden bin, gibt es da draußen eine Sondervorstellung. Aber wenn du sagst, was ich wissen will, lasse ich dich laufen, und du kannst dein dreckiges Spiel fortsetzen."

„Und was willst du wissen?"

„Alles über dich und Floyd Webster!"

Buffalo war deutlich anzusehen, daß er angestrengt überlegte und seine Chancen abschätzte. Er war Profi genug, um einzusehen, daß er nichts als lausige Nieten in der Hand hielt.

„Was ist mit Floyd?" fragte er vorsichtig.

„Genau das will ich von dir erfahren, Cowboy!“ sagte McCoy scharf. „Und beeil dich mit der Geschichte!“

„Mann, ich riskiere meinen Kopf...“, keuchte Buffalo.

„Den riskierst du jetzt schon... mit diesen Würfeln!“ erwiderte McCoy. „Hör zu, Waldläufer. Ich bin an deiner Person so sehr interessiert wie am Mann im Mond. Von mir erfährt niemand, was du ausplauderst. Für die da draußen sind wir Freunde, die ein kleines Geschäft besprechen. Nichts sonst. Und wenn du keinen Ärger machst, wird auch niemand auf uns aufmerksam. Ich verschwinde hier, ohne Aufsehen zu erregen. Aber ich kann auch dafür sorgen, daß der Club hier auffliegt... und du mit ihm! Meine Begleiterin da draußen wartet nur darauf, daß du Zicken machst. Und du kannst mir glauben, daß ich geschickt genug bin, die Sache so zu drehen, daß all deine sauberen Freunde glauben werden, du hättest sie verpfiffen. Und das möchtest du doch nicht gern, oder?“

Buffalo war blaß geworden und schluckte nun. „Okay, okay, ich sag dir, was ich weiß, und du läßt meinen Namen aus dem Spiel. Sind wir uns darüber einig?“

„Allmählich begreifst du, in welche Richtung der Zug fährt“, knurrte McCoy. „Also, beweg den Unterkiefer. Ich höre.“

Buffalo blickte finster drein. „Floyd hab ich durch seine Tochter Diana kennengelernt. Traf sie vor ein paar Wochen auf einer Schickeria-Party. Wir hatten unseren Spaß zusammen. Sie hielt mich wohl für ’ne große Nummer, für ’nen Fotografen oder so. Auf jeden Fall nahm sie mich später mit in ihr Apartment.“

„Adresse?“

Buffalo nannte ihm eine Straße und Hausnummer in Russian Hill und fuhr dann widerwillig fort: „Sie hatte da ein paar irre

Grafiken an den Wänden hängen, die wie Fotografien aussahen. Die waren von ihrem Daddy, wie sie mir stolz erzählte. Na ja ..." Er zögerte. „Da hab ich eben sofort an Johnny Navarra gedacht."

Der Name war McCoy nicht unbekannt. Johnny Navarra hatte seine Finger in vielen zwielichtigen Geschäften und gehörte zu den großen Bossen der Unterwelt.

„Weiter!" drängte der Privatdetektiv.

Buffalo zuckte mit den Achseln. „Viel mehr gibt es nicht zu erzählen, Mann. Ich hab Johnny den Tip gegeben, daß dieser Floyd für ihn vielleicht von Nutzen sein könnte, und die Verbindung zwischen ihnen hergestellt."

„Wie von Nutzen?"

Buffalo wand sich. „Mensch, gefälschte Dokumente, Blüten und all so 'n Zeugs."

„Und? Was war mit Floyd?"

„Keine Ahnung. Ich hatte weiter nichts mit der Geschichte zu tun. Was Navarra und Floyd miteinander ausgemacht haben, weiß ich nicht. Das ist ein paar Nummern zu groß für mich. Es interessiert mich auch nicht, Mann. Mir kann keiner was anhängen. Wenn du mehr wissen willst, mußt du schon Johnny Navarra selbst fragen. Aber wenn ich an deiner Stelle wäre, würde ich das lassen", warnte ihn der Falschspieler. „Der macht aus Typen wie dir Kleinholz, ohne sich auch nur den kleinen Finger dreckig zu machen."

„Laß das man meine Sorge sein", erwiderte McCoy. Er warf ihm die Würfel und das Messer zu. Buffalo fing beides geschickt auf. Das Messer ließ er eiligst in seinem Stiefel verschwinden.

„Was ist mit unserer Abmachung?" fragte er fast ängstlich.

„Mein Wort gilt, Cowboy ... Es sei denn, du kommst auf die einfältige Idee, Johnny Navarra von unserem Plauderstündchen zu berichten!" sagte Mike McCoy drohend.

„Ich bin doch nicht lebensmüde!"

„Ja, das hoffe ich für dich", meinte McCoy und zog den Vorhang zurück. Freundlich lächelnd nickte er den wartenden Spielern zu und bot Jenny seinen Arm. Sie verließen den illegalen Spielclub, ohne aufgehalten zu werden.

Kaum standen sie auf der Straße, als Jenny ihn auch schon mit Fragen überhäufte. McCoy berichtete ihr, was er aus Buffalo herausgeholt hatte.

Sie pfiff leise durch die Zähne. „Blüten ... Falschgeld! Jetzt kapiere ich so einiges!"

„Ich auch", sagte Mike McCoy grimmig und dachte mit Schrecken an das Geld, das er unter die Leute gebracht hatte. „Ich würde mich jetzt gar nicht wundern, wenn Sergeant Austin schon einen Haftbefehl für mich auf dem Schreibtisch liegen hätte. Zur Hölle mit Floyd! Ich hätte die Finger davon lassen sollen!"

Jenny blickte ihn keck von der Seite an. „Was hältst du davon, wenn wir uns bei einem netten Mitternachtsdinner den Kopf über all das zerbrechen würden? Es ist ja nicht gerade ladylike, aber ich muß gestehen, daß ich einen gewissen Appetit nicht verleugnen kann."

Mike McCoy sah sie an. „Ich weiß nicht ..."

„Nur ein Stündchen", bat Jenny. „Ich verspreche dir auch, daß ich nicht versuchen werde, dich hinterher zu einem Bummel durch die Bars zu überreden ..., obwohl ich das schon eine Ewigkeit nicht mehr getan habe."

Mike McCoy seufzte. „Du hast die gefährliche Begabung,

stets meinen schwachen Punkt zu finden. Ich muß mich vor dir in acht nehmen, Jennifer Blake. Also gut – Mitternachtsdinner."

Wo steckt bloß Diana?

Sergeant Larry Austin wartete nicht mit Haftbefehl und Handschellen auf ihn, als Mike McCoy mit Jenny aus San Francisco zurückkam. Aber er gab sich keinen Illusionen hin. Was nicht war, konnte noch werden. Und so verbrachte er eine ungewöhnlich unruhige Nacht. Das kleinste Geräusch ließ ihn aus dem Schlaf hochfahren. Und bald wurde Texas von seiner Unruhe so angesteckt, daß er aufgeregt im Schlafzimmer hin und her hüpfte, was auch nicht gerade dazu beitrug, seine Nerven zu beruhigen.

Mike McCoy lag wach im Bett und grübelte. Ihm blieben nur zwei Möglichkeiten. Entweder kroch er reumütig und zerknirscht zu Sergeant Austin und hoffte darauf, daß dieser ihn mit einem blauen Auge davonkommen ließ. Oder aber er glaubte Floyds Unschuldsbeteuerungen und nahm sich Johnny Navarra vor. Keine der beiden Möglichkeiten gefiel ihm sonderlich.

Er entschied sich für das kleinere Übel von beiden, und das war eindeutig die zweite Möglichkeit. Denn obwohl es ihm ganz und gar nicht schmeckte, sich mit einem Mann wie Johnny Navarra anlegen zu müssen, war ihm das doch immer noch lieber als das, was Sergeant Austin ihm möglicherweise anbieten würde – nämlich die harte Pritsche einer Haftzelle.

Er war froh, als es endlich Morgen wurde. Zunächst einmal rief er bei Larry Austin im Büro an, um bei ihm vorzufühlen. Zudem wollte er erfahren, wie es Floyd Webster ging.

Larry Austin war so knurrig und kurz angebunden wie immer, was McCoy mit Erleichterung registrierte. Vom Falschgeld konnte ihm demnach noch nichts zu Ohren gekommen sein. Und was Floyd betraf, so waren die Neuigkeiten durchaus positiv.

„Er wird wohl durchkommen, meinen die Ärzte", brummte der Sergeant. „Hoffe, ihn in spätestens zwei Tagen verhören zu können. Und was gibt's bei Ihnen, McCoy?"

„Floyd ist alles andere als ein Traumkunde", antwortete er ausweichend und log damit noch nicht einmal.

„Dann arbeiten Sie jetzt also doch für ihn?"

„Ja, er weiß nur noch nichts davon. Ich suche seine Tochter und hoffe, daß er mich anständig bezahlt, wenn ich sie gefunden habe und er durchkommt."

„Hören Sie, wenn Sie mir wichtige Informationen vorenthalten ..."

„... können Sie saugrob werden, ich weiß."

„Richtig!" knurrte der Sergeant am Telefon.

„Ich werde mir alle Mühe geben, Ihr Temperament nicht zu reizen", meinte McCoy.

„Das sollten Sie wirklich besser nicht tun", bekräftigte Austin.

„Nichts liegt mir ferner."

„Gut, halten Sie sich daran, McCoy. Und noch etwas ..."

„Ja?"

„Wenn Ihnen etwas zu Ohren kommt, wissen Sie ja, wo Sie mich erreichen können."

„Nur zu gut“, brummte McCoy und legte auf.

Die Gardinen auf der *Sunflower* waren noch zugezogen, als Mike McCoy an Deck ging. Er verspürte irgendwie den Drang, Jenny zu wecken und mit ihr zu reden. Doch er ließ es bleiben. Sollte sie doch ausschlafen!

So fuhr er nach Russian Hill und prüfte zunächst die Adresse nach, die Buffalo ihm gegeben hatte. Der Großstadtcowboy hatte ihn nicht angelogen. Auf der Klingelleiste fand er auf einem Schild die beiden Namen Diana Webster und Norma Nolan. Norma war die Freundin, mit der Diana das Apartment teilte.

Mike McCoy hatte Glück. Norma, ein bildhübsches Mädchen um die Zwanzig, war zu Hause und erwies sich auch als äußerst redefreudig. Dummerweise war sie jedoch mehr daran interessiert, ihm von ihrer geradezu unausweichlichen Karriere als Fotomodell vorzuschwärmen, als unbequeme Fragen nach dem Verbleib ihrer „Freundin“ Diana zu beantworten.

Immer wieder mußte er ihren Redefluß stoppen und sie an den Grund seines Kommens erinnern. Aber es war nur zu offensichtlich, daß Diana und Norma mehr aus praktischen Gründen zusammengezogen waren und jeder mehr oder weniger sein eigenes Leben lebte.

Norma war auch viel zu sehr mit ihren eigenen Träumen beschäftigt. Sicherlich, sie erinnerte sich an den ulkigen Burschen mit den „John-Wayne-Klamotten“, wie sie es nannte, und sie lachte darüber, daß Diana ihn für einen einflußreichen Fotografen gehalten hatte. Auch der Name Johnny Navarra sagte ihr etwas, doch sie wußte nur, daß Diana einmal zu einer Party bei diesem Navarra eingeladen gewesen war.

„Und wann war das?“ wollte McCoy wissen.

„Oh, das liegt schon über einen Monat zurück."
„Und seit wann wohnt Diana nicht mehr hier?"
Norma stellte sich in Pose und setzte die Miene der Nachdenklichen auf. „Das fällt so in dieselbe Zeit. Sie rief irgendwann mal an und teilte mir mit, daß sie für ein paar Wochen woanders wohnen würde."
„Und das war alles?" fragte McCoy erstaunt. „Ich meine, haben Sie sich weiter keine Gedanken gemacht, als Diana nichts mehr von sich hören ließ?"
Affektiert zuckte Norma mit den Achseln. „Bin ich denn ihr Kindermädchen? Ich habe genug am Hals und kann mich nicht auch noch um ihre Eskapaden kümmern. Diana muß selbst wissen, was sie tut und läßt. Sie ist ja erwachsen, oder nicht?"
Mike McCoy beeilte sich, aus dem Apartment zu kommen. Normas Gleichgültigkeit machte ihn wütend. Und da es mit seinen Nerven an diesem Morgen nicht gerade zum besten stand, hielt er es für klüger, diesem fruchtlosen Gespräch ein schnelles Ende zu bereiten.
Doch gänzlich nutzlos war der Besuch bei Norma nicht gewesen. Immerhin war es ihm gelungen, sie dazu zu überreden, ihm doch ein paar Fotografien zu überlassen, die Diana Webster in Großaufnahme zeigten. Somit wußte er nun, wie das junge Mädchen, nach dem er suchte, aussah.
Als er zu seinem Wagen ging, den er ein paar Häuserblocks entfernt abgestellt hatte, überlegte er seine nächsten Schritte. Ein Gefühl der Unsicherheit überkam ihn. Auf was hatte er sich da bloß eingelassen? Wenn er es recht bedachte, baute er auf den Wahrheitsgehalt von ein paar zusammenhanglosen Wortfetzen, die Floyd von sich gegeben hatte, bevor er bewußtlos geworden war. Wie kam er bloß dazu, einem Mann

Glauben zu schenken, der ihm einen Revolver in den Nacken gedrückt hatte?

Ein reichlich flaues Gefühl breitete sich in ihm aus, als er daran dachte, was ihn erwartete, falls Floyd Websters Weste doch nicht so sauber war, wie er beteuert hatte. Dann hatte er nicht nur Sergeant Austin im Nacken, sondern auch noch Johnny Navarra mit seiner Gang sowie den reizenden Don Lucco. Immerhin hatte er seine „Schulden“ bei dem Kredithai mit Falschgeld beglichen. Wenn Don Lucco das herausfand ... oder aber Sergeant Austin ... oder aber beide ...

Mike McCoy zwang sich, diesen Gedanken besser nicht weiter zu verfolgen. Er *mußte* einfach an Floyds Unschuld glauben, sonst konnte er gleich seine Sachen einpacken und eine Haftzelle beziehen. Ein Zurück gab es nicht mehr.

Er suchte das nächste McDonald's-Restaurant auf, und während er sein spätes Frühstück zu sich nahm und Kaffee schlürfte, versuchte er, die vielen kleinen Mosaiksteinchen, die gedanklich vor ihm lagen, zu einem Bild zusammenzusetzen.

Da war Floyd Webster, der mit einem Koffer voll Geld, garantiert erstklassige Blüten, auf der Flucht war. Vor wem? Er beteuerte, unschuldig zu sein. Unschuldig woran?

Und dann der Mordanschlag ... Wer hatte auf Floyd geschossen? Und wer hatte seine *Titanic* in ein Chaos verwandelt? Hatte Floyd die Blüten vielleicht gar nicht selbst hergestellt, sondern sie irgend jemandem abgenommen?

Und wie paßten Johnny Navarra und Buffalo ins Bild? Welche Rolle spielten sie in der ganzen Geschichte? Und was war mit Diana? Wo steckte sie? Und warum befand sie sich angeblich in Gefahr? Was hatte sie, das angehende Fotomodell, mit dem Falschgeld zu tun?

Fragen über Fragen, und anstelle von präzisen Antworten hatte Mike McCoy nichts weiter als vage Vermutungen, die aber alle nicht zusammenpassen wollten.

Eine ganze Weile saß er brütend über seinem Kaffee. Doch alles Grübeln brachte ihn nicht weiter. Er mußte etwas unternehmen, um Antworten zu erhalten. Und Johnny Navarra war der einzige auf seiner Liste, den er noch nicht mit Fragen genervt hatte. So wenig ihm der Gedanke gefiel, sich in die Höhle des Gangsters zu begeben, es blieb ihm doch keine andere Wahl, wenn er weiterkommen und seinen Vorsprung vor Sergeant Austin behalten wollte, was sehr ratsam erschien. Denn Abwarten und Nichtstun – das war gleichbedeutend mit soliden Gitterstäben und tristen, olivgrauen Zellenwänden. Und er fand, das mußte einfach nicht sein.

Der Boss

Johnny Navarra wohnte nicht – er residierte. Und zwar im Nobelviertel des kleinen Örtchens Belvedere, das gegenüber von Sausalito am Ufer einer großen Landzunge liegt, die weit hinaus in die große San Francisco Bay ragt.

Eine massive, hohe Mauer mit spitzen Glasscherben auf der Krone umgab das weitläufige Grundstück von Johnny Navarra. Ein breiter Gürtel aus mächtigen Bäumen lag jenseits der Mauer und verwehrte die Sicht auf die dahinterliegenden Anlagen und die Villa.

Mike McCoy hielt vor dem schweren, schmiedeeisernen Doppeltor, stieg aus und drückte den Klingelknopf unter der in

Messing eingefaßten Gegensprechanlage. Eine unpersönliche Stimme meldete sich und fragte nach seinen Wünschen.
„Mike McCoy. Ich möchte Mister Navarra sprechen."
„Bedaure, Mister Navarra ist beschäftigt."
„Ich denke, daß Mister Navarra sich besser die Zeit nimmt, mit mir zu sprechen", erwiderte der Privatdetektiv kühl. „Es sei denn, er zieht eine Unterhaltung im Polizeihauptquartier vor."
„Einen Augenblick", sagte die Stimme und meldete sich zwei Minuten darauf wieder. „Mister Navarra wird Sie empfangen. Es holt Sie jemand am Tor ab."
Mike McCoy wartete, und nach fünf Minuten näherte sich ein kleiner Golfwagen dem Tor. Ein muskulöser junger Mann mit streichholzkurzen Haaren und kaum freundlich zu nennenden Gesichtszügen saß hinter dem Steuer. Er stieg vom Wagen und öffnete das Tor mit einem Sensor. Automatisch schwang das Tor auf.
„McCoy?" fragte der Mann, der einer von Navarras Leibwächtern war, knapp und musterte ihn scharf.
„Ja, schon von Geburt an", antwortete McCoy.
„Strecken Sie die Hände hoch und spreizen Sie die Beine!"
„Sie können sich die Mühe sparen. Revolvergurt und Patronengürtel schnalle ich mir immer erst bei Einbruch der Dunkelheit um", spottete McCoy. „Ich bin eine ängstliche Natur, müssen Sie wissen."
„Wollen Sie nun rein oder nicht?" knurrte der Gorilla.
„Okay, aber passen Sie auf. Ich bin kitzlig."
Routiniert tastete ihn der Ganove nach Waffen ab. Als er nichts fand, nickte er schweigend, schloß das Tor wieder, nahm auf dem Golfwagen Platz und deutete auf den Nebensitz.

Mike McCoy setzte sich, und schweigend fuhren sie den gewundenen, mit weißem Kies bestreuten Weg hoch. Gepflegte Gartenanlagen zogen an ihnen vorbei. Dann tauchte die schneeweiße Villa mit dem imposanten Säulenportal auf.

Der Leibwächter stellte den Golfwagen rechts vom Portal vor einer Rosenhecke ab und bedeutete McCoy mit einer Kopfbewegung, ihm zu folgen. Er führte ihn über einen Weg aus Marmorplatten um das Haus herum zur hinteren Terrasse, die die Ausmaße eines großzügigen Ballsaals besaß. An die Terrasse schloß sich ein Swimming-pool an, wie McCoy ihn nur aus Hollywood-Filmen kannte. Hinter dem Pool fiel das Gelände mit sanfter Neigung zum Wasser hin ab. Hell leuchtete dort unten am Ufer das weiße Dach des langgestreckten Bootshauses. Johnny Navarra konnte sich augenscheinlich jeden Luxus leisten.

Johnny Navarra war ein Mann von mittlerer Statur, so in den Fünfzigern, wie McCoy schätzte. Er war lässig-elegant gekleidet. Graue Strähnen zogen sich durch das noch volle, dunkle Haar. Die Gesichtszüge waren markant, fast scharf, und die Augen von einem kühlen, unergründlichen Blau. Man konnte ihn in gewissem Maße als gutaussehend bezeichnen. Es stehen eben nicht jedem Gangster die Verbrechen im Gesicht geschrieben.

Er saß an einem weißen, schmiedeeisernen Tisch im Schatten eines Sonnenschirmes. Auf dem Tisch standen ein Telefon und ein Tablett mit Gläsern und einer Kristallkaraffe.

„Setzen Sie sich, Mister McCoy“, forderte er ihn auf. Seine Stimme war sonor und von gelassener Freundlichkeit. „Darf ich Ihnen etwas zu trinken anbieten?“

McCoy lehnte ab und setzte sich.

„Du kannst gehen, Ron", sagte Navarra zu seinem Gorilla.
Ron nickte und entfernte sich.

„Ich habe Vorbereitungen für eine große Gesellschaft zu treffen, die ich heute abend in meinem Haus gebe. Ich wäre Ihnen deshalb dankbar, wenn Sie sofort zum Kern Ihres Anliegens kämen, Mister McCoy", sagte Navarra freundlich.

„Mit Vergnügen", erwiderte McCoy. „Es wird Ihnen sicherlich ein leichtes sein, mir die passenden Antworten auf ein paar Fragen zu geben."

„Das kommt immer auf die Fragen an, mein Freund."

McCoy konnte nicht behaupten, daß er mit einem ausgefeilten Konzept zu Navarra gekommen war. Dafür wußte er einfach zu wenig. Alles, was er versuchen konnte, war, Johnny Navarra aus der Reserve zu locken. Und Provokation war dafür meist die beste Methode.

„Zuerst einmal hätte ich gern gewußt, weshalb Sie Ihren Handlangern den Auftrag erteilt haben, auf meinem Hausboot die Möbel zu verrücken", sagte McCoy, obwohl er genau wußte, weshalb das geschehen war.

„Ich weiß überhaupt nicht, wovon Sie reden!"

„Kommen Sie, Navarra, ersparen Sie uns diese Ich-habe-von-nichts-eine-Ahnung-Show! Sie wissen ganz genau, wovon ich rede. Den Geschäftsmann mit der blütenweißen Weste heben Sie sich besser für passendere Gelegenheiten auf."

Navarra versteifte sich. „Sie werden unverschämt!"

„Nein, nur direkt!" erwiderte McCoy hart. „Ich bin nicht von der Polizei, falls Sie das vergessen haben sollten."

„Für Privatschnüffler habe ich ebenso wenig übrig!" entfuhr es Johnny Navarra.

Mike McCoy lächelte. Die erste Runde ging an ihn. Der

Gangster hatte soeben zugegeben, daß er sehr wohl wußte, wer ihm da gegenübersaß. „Sie wissen, wer ich bin, und ich weiß, wer Sie sind. Lassen wir also die Schattenfechterei."

Ein ärgerlicher Ausdruck wischte das aufgesetzte Lächeln von Navarras Gesicht. Er beugte sich vor. „Ganz wie Sie wollen, McCoy. Reden wir also Tacheles. Sie haben sich in Dinge eingemischt, die Sie einen feuchten Dreck angehen!"

„So einseitig würde ich das nicht sehen, Mister Navarra. Vor allem nicht nach der gründlichen Durchsuchung meines Hausboots. Und kommen Sie mir jetzt nicht wieder damit, Sie wüßten nicht, wovon ich spreche."

Johnny Navarra ging nicht darauf ein. „Ich weiß nicht, was Floyd Ihnen für eine Geschichte untergejubelt hat", begann er vorsichtig, „aber Sie haben sich da auf verdammt dünnes Eis begeben, McCoy. Sie sollten höllisch aufpassen, daß es nicht plötzlich unter Ihnen einbricht."

„Ah, allmählich beginnen wir dieselbe Sprache zu sprechen", sagte Mike McCoy mit hochgezogenen Brauen. „Es freut mich zu hören, daß Floyd Webster für Sie kein Unbekannter ist. Wie ich erfahren habe, hatten Sie auch das Vergnügen, die nähere Bekanntschaft seiner Tochter Diana zu machen, nicht wahr?"

Ein lauernder Zug trat auf Navarras Gesicht. "Ich gebe eine Menge Partys, mein Freund. Sie werden nicht verlangen können, daß ich mich an das Gesicht eines jeden jungen Mädchens erinnere, das mir über den Weg läuft. Und jetzt kommen Sie bitte zur Sache. Was wollen Sie konkret?"

„So schlecht kann Ihr Gedächtnis gar nicht sein, wenn Sie sich immerhin daran erinnern können, daß Diana noch ein junges Mädchen ist", erwiderte McCoy schlagfertig. „Aber gut, ich will Ihnen gerne sagen, was ich will, Navarra. Mein Anliegen ist überaus simpel. Ich möchte mit Diana unter vier Augen sprechen. Auf meinem Hausboot. Alles andere interessiert mich nicht. Was Sie mit Floyd vereinbart haben oder nicht, ist nicht mein Bier. Ich will mich nur davon überzeugen, daß Diana gesund und munter ist."

Navarra lachte mit gespielter Belustigung. „Was denken Sie, was für ein Geschäft ich betreibe, McCoy? Ich habe keine Kinderverwahranstalt. Und ich bin auch kein Mädchenhändler. Sie müssen nicht ganz richtig im Kopf sein, wenn Sie glauben, ich könnte Ihnen dieses Mädchen Diana heranschaffen. Was habe ich mit dieser Göre zu tun?"

„Ich bin sicher, eine ganze Menge!"

„Warum fragen Sie dann nicht ihren Vater?" spottete Navarra.

„Sie wissen ganz genau, daß Floyd nicht in der Lage ist, Fragen zu beantworten. Noch nicht. Aber es sieht so aus, als würde er es bald können. Und ich könnte mir denken, daß das, was er der Polizei zu erzählen hat, Ihnen einige Kopfschmerzen bereiten wird."

Johnny Navarra lehnte sich mit einem geringschätzigen Lächeln im Gartenstuhl zurück. „McCoy, ich habe Sie offenbar überschätzt." Es klang fast erleichtert, und das war er wohl auch. „Als Sie hier bei mir auftauchten, dachte ich zuerst, Sie wären ... nun, sagen wir mal so, einigermaßen gut unterrichtet. Doch nun komme ich zu dem Schluß, daß unser guter Floyd Sie mit recht spärlichen Informationen versorgt hat. Und was die ehrenwerten Herren von der Polizei betrifft, so werden diese mit Sicherheit nicht mehr von ihm zu hören bekommen als ein stereotypes Ich-weiß-nicht-wer-warum-auf-mich-geschossen-hat. Darauf gehe ich mit Ihnen jede Wette ein."

Bevor Mike McCoy etwas erwidern konnte, klingelte das Telefon auf dem Tisch. Ärgerlich über diese Störung, hob Navarra ab.

„Ja, was gibt es denn, Hank?... Wer hat angerufen... Jefferson's Party Service?... Zum Teufel, sag ihnen, daß es mir völlig wurscht ist, was sie zum Essen anfahren, wenn das Zeug nur erstklassig ist!" bellte er gereizt ins Telefon. „Muß ich mich denn um jeden Mist persönlich kümmern? Wofür, zum Teufel noch mal, bezahle ich euch Hohlköpfe überhaupt?" Ohne eine Antwort abzuwarten, knallte er den Hörer auf die Gabel.

Der Gangster wandte sich nun wieder Mike McCoy zu. „Wo waren wir stehengeblieben? Ach ja, bei diesem Mädchen Diana. Vergessen Sie es. Aber wir könnten anderweitig ins Geschäft kommen."

„Da bin ich aber gespannt."

„Sie haben da etwas, an dem ich sehr interessiert bin. Und zwar den Koffer, den Floyd bei sich hatte, als er sich bei Ihnen verkroch."

„Sie wollen das Falschgeld?"

Navarra machte eine unwirsche Handbewegung. „Unsinn, diesen Stoß Blüten können Sie getrost behalten, McCoy. Ich will die Platten, Mann, die verdammten Druckplatten!"

Mike McCoy hatte Mühe, seine Überraschung zu verbergen. Er hatte nicht eine einzige Druckplatte entdeckt, erinnerte sich jetzt aber daran, daß der Koffer erstaunlich schwer gewesen war. Eigentlich zu schwer nur für die Geldbündel. Und das bedeutete, daß sich die Druckplatten, hinter denen Navarra her war, irgendwo in einem Zwischenboden befinden mußten.

„Wenn ich das täte, würde ich mich genauso strafbar machen

wie ...", begann Mike McCoy.

„Reden Sie doch kein Blech!" fiel ihm Navarra ins Wort. „Sie haben sich schon längst strafbar gemacht, weil Sie den Koffer nicht bei den Bullen abgeliefert haben. Kommen Sie mir also nicht mit diesem Stuß, Mann. Mit den Blüten und den Platten haben Sie sich ein paar reichlich heiße Eisen eingehandelt, geradezu Zeitbomben, mein Freund. Sie wissen so gut wie ich, daß Sie die Chance, den Koffer rechtzeitig an die Bullen loszuwerden, mittlerweile verpaßt haben."

McCoy wußte das nur zu gut, dachte jedoch nicht daran, das zuzugeben. „Sie vergessen, daß die Bay hier reichlich tief ist. Ich könnte den Koffer also mit Leichtigkeit loswerden."

Navarra lachte. "McCoy, Sie sind doch kein Schwachkopf, auch wenn Sie manchmal diesen Eindruck erwecken. Hören Sie, ich habe meine Männer, und die haben sich umgehört. Sie sind ein smarter Bursche und gar nicht mal so übel für einen Privatschnüffler, aber erfolgreich kann man Sie wohl kaum nennen."

„Jeder Mensch muß lernen, mit seinen Schwächen zu leben", erwiderte Mike McCoy trocken.

„Ich biete Ihnen ein besseres, sorgenfreieres Leben, und zwar hunderttausend Dollar. Sauberes, abgegriffenes Geld. In kleinen Scheinen und nicht durchgehend numeriert. Alles, was Sie dafür zu tun haben, ist, mir die verdammten Platten zu geben und zu vergessen, daß Ihnen ein Idiot wie dieser Floyd Webster jemals über den Weg gelaufen ist. Das ist das Geschäft Ihres Lebens!"

McCoy lächelte gequält. „Wie Sie selbst gesagt haben, ich bin nun mal leider ein miserabler Geschäftsmann. Ich glaube nicht, daß wir so ins Geschäft kommen. Aber wenn Sie mir anstelle der hundert Riesen Diana anbieten, würde ich mir die Sache ernstlich überlegen."

Mühsam bezähmte Wut blitzte in Navarras Augen auf. „Hundert Riesen in bar, McCoy, sonst ist nichts drin. Das ist ein absolutes Freundschaftsangebot. Aber wenn Ihnen diese Tonart nicht paßt, werde ich mir wohl etwas anderes einfallen lassen müssen. Und das wird bestimmt weniger freundschaftlich ausfallen als dieses Angebot von hunderttausend Dollar!"

McCoy zog die Augenbrauen hoch. „Darf ich das als Drohung deuten?"

„Nehmen Sie es, wie Sie wollen!" entgegnete Navarra scharf. „Ich bin bereit, mich im Guten mit Ihnen zu arrangieren. Aber ich werde nicht zögern, mit anderen Mitteln vorzugehen, falls Sie auf stur schalten, mein Freund!"

„Was meine Freunde betrifft, so zähle ich Sie bestimmt nicht darunter. Und was die Druckplatten angeht, wird Ihnen nicht viel Spielraum für Ihre sogenannten ‚anderen Mittel' bleiben, Navarra, solange Sie nicht wissen, wo sie sich befinden. Ich an Ihrer Stelle würde also nicht so starke Sprüche klopfen, es sei denn, Sie lieben es, den starken Mann zu spielen", gab sich McCoy scheinbar unbeeindruckt von Navarras Drohung. Dabei fühlte er sich in Wirklichkeit verdammt unwohl in seiner Haut. Doch das durfte Navarra noch nicht einmal ahnen.

Er machte sich nichts vor. Er konnte den Koffer zwar wirklich irgendwo in der Bay für immer verschwinden lassen. Aber damit schaffte er sich weder Sergeant Austin noch Johnny Navarra vom Hals. Zu Larry Austin konnte er erst dann gehen, wenn er ihm etwas Handfestes anbieten konnte. Und solange das nicht der Fall war, machte er um Austin besser einen großen Bogen.

„Ich glaube, es ist alles gesagt worden, was es zu sagen gab", antwortete Navarra kühl. „Überdenken Sie mein Angebot, McCoy. Ich gebe Ihnen vierundzwanzig Stunden Zeit."

„Bringen Sie mir Diana, und Sie bekommen den Aktenkoffer!"

„Ron!" rief Navarra scharf.

Der Gorilla tauchte aus dem Schatten des Vordaches auf. „Ja, Boss?"

„Mister McCoy möchte gehen", knurrte Navarra gereizt.

Mike McCoy erhob sich. "Überdenken Sie *mein* Angebot. Sie haben mehr zu verlieren als ich."

Der Gangster sah ihn aus verengten Augenschlitzen an. „Vierundzwanzig Stunden, McCoy . . . Und jetzt verschwinden Sie!"

„Mit dem größten Vergnügen."

Als Mike McCoy dem Leibwächter über die Terrasse folgte, glitt sein Blick unwillkürlich über die hintere Front der Villa. Plötzlich zuckte er zusammen, und beinahe wäre er stehengeblieben, als er die Gestalt bemerkte, die oben an einem Fenster im Westflügel stand.

Honigblondes, langes Haar und ein fast puppenhaftes Gesicht von jugendlicher Schönheit. Die junge Frau trug einen Bademantel aus dunkelbraunem Stoff, der Cord sein mochte.

Die Umrisse einer kräftigen Gestalt tauchten hinter der Frau auf, und im nächsten Moment verschwand sie mit einer unnatürlichen, ruckhaften Bewegung vom Fenster.

Mike McCoy war verdutzt. Sein Blick hatte nur für einen ganz kurzen Augenblick auf dem blassen Gesicht der Frau geruht, sicherlich nicht länger als zwei, drei Sekunden. Doch er glaubte mit fast hundertprozentiger Sicherheit sagen zu können, wen er dort oben im ersten Stock am Fenster gesehen hatte. Diana! Diana Webster!

Die Gedanken jagten sich hinter seiner Stirn. Einen kurzen Moment lang war er versucht, zu Navarra zurückzugehen. Doch diesen Einfall verwarf er sofort wieder.

Diana befand sich unter Johnny Navarras Dach, freiwillig oder gezwungenermaßen. Das zu wissen, war eine gewichtige Trumpfkarte. Und Mike McCoy gedachte nicht, sie unbedacht auszuspielen.

Eine verdammt gute Idee

Sanft schaukelte die *Titanic* im Rhythmus der Wellen, die ein mit Touristen bepackter Ausflugsdampfer hervorrief, als er an der Hausbootkolonie vorbeizog und im warmen Licht der späten Nachmittagssonne nach San Francisco zurückkehrte.

Mike McCoy und Lucky saßen auf dem Sonnendeck des Hausbootes und besprachen die Lage, wie sie das schon oftmals getan hatten. Wie leichtsinnig und geradezu verantwortungslos Lucky in seiner Spielleidenschaft auch sein mochte, Mike McCoy schätzte doch seine Meinung. Er hatte die Erfahrung gemacht, daß ihm solch ein Gespräch oft half, Klarheit in seine Gedanken zu bekommen.

Da die Klimaanlage noch immer defekt und an eine Reparatur vorerst nicht zu denken war, hatten sie es sich oben auf dem Dach des Kajütaufbaus bequem gemacht und sich ein paar fruchtige Drinks gemixt.

Mike McCoy wollte gerade damit beginnen, den ganzen Fall

noch einmal von Anfang an aufzurollen, als Jenny von der *Sunflower* zu ihnen herüberkam.

„Bist du noch zu retten?" flüsterte Lucky, als McCoy sie aufforderte, doch zu ihnen aufs Dach zu kommen. „Wir können doch dann nicht reden!"

„Natürlich können wir das", erwiderte McCoy lachend. „Jenny ist schon über alles informiert. Und auf den Kopf gefallen ist sie wahrlich nicht."

Lucky machte ein verzweifeltes Gesicht. „Aber sie ist eben nur eine Frau!"

„He, das würde ich sie aber besser nicht hören lassen!" rief McCoy ihn zur Ordnung. „Das könnte böse ins Auge gehen."

Jenny stieg die Leiter zu ihnen hoch und zog sich einen der zehnmal geflickten Klappstühle heran. „Schön, dich mal wieder zu sehen, Lucky", begrüßte sie ihn fröhlich.

Lucky gab sich alle Mühe, nicht zu brummig auszusehen. „Ganz meinerseits, Jenny. Was machen deine Kürbisse und Paprikaschoten? Brauchen die nicht dringend Wasser? Die Pflanzen sehen mir so verdorrt aus."

„Ach, die können bis später warten", sagte Jenny leichthin.

Lucky nickte. „Das hatte ich fast befürchtet", murmelte er.

„Was hast du gesagt?" wollte Jenny wissen.

„Daß du dir ein Glas nehmen und dich aus der Kühlbox dort bedienen sollst", beeilte sich Mike McCoy zu sagen und kam dann schnell zum Thema.

„Fassen wir noch mal alles zusammen", begann Mike McCoy. „Floyd Webster, ein hochtalentierter Maler und kein ganz unbeschriebenes Blatt, ist auf der Flucht. Und zwar mit einem Koffer voll Falschgeld . . ."

„. . . und den entsprechenden Druckplatten", fügte Jenny

eifrig hinzu. Nachdem Mike McCoy von Navarra zurückgekehrt war, hatte er ihr von seiner Unterredung mit dem Gangster erzählt und die Platten, wie vermutet, im Zwischenboden des Koffers gefunden.

„Ja, sieht so aus, als hätte Floyd die Platten angefertigt", brummte Lucky. „Fragt sich nur, ob freiwillig oder nicht. Die Tatsache, daß er geflohen ist und daß man auf ihn geballert hat, spricht für die zweite Möglichkeit."

„Und hier kommt Navarra ins Spiel!" warf Jenny ein. „Nach dem, was du mir vorhin erzählt hast, Mike, ist er derjenige, der im Hintergrund die Fäden zieht und für den die Platten bestimmt waren."

„So sehe ich es auch", stimmte McCoy ihr zu. „Und ich bin sicher, daß Diana der Schlüssel zu dieser merkwürdigen Geschichte ist. Hört euch mal meine Theorie an."

„Mein Glas ist voll, ich bin bereit", murmelte Lucky.

„Wir wissen von Hank Crook, daß Floyd und seine Tochter ein Herz und eine Seele waren. Doch Diana ist nicht nur bildhübsch, sondern auch sehr ehrgeizig, wie Norma, mit der sie zusammengezogen ist. Sie will unbedingt Karriere machen, und sie ist so wild darauf, daß sie jede Gelegenheit, die sich ihr bietet, beim Schopfe packt. Sie treibt sich auf allen möglichen Partys herum, immer in der Hoffnung, eine wichtige Bekanntschaft zu machen, die ihr weiterhelfen kann."

„Und auf einer dieser Partys trifft sie Buffalo", bemerkte Jenny spöttisch.

„Ja, und sie hängt sich an ihn, weil sie ihn für eine große Nummer hält", fuhr McCoy fort. „Buffalo sieht die irren Grafiken in ihrer Wohnung, und es klingelt sofort in seinem Ganovenhirn. Er denkt an Navarra, der für derartige Talente wie Floyd Webster bestimmt Verwendung hat."

„Navarra nimmt über Buffalo Kontakt mit Floyd auf", führte Lucky den Gedankengang fort, „und versucht nun, ihn zu überreden, für ihn zu arbeiten. Bestimmt hat er sich vorher schon über Floyd genau erkundigt und erfahren, daß dessen Weste auch nicht mehr ganz so blütenweiß war. Aber er beißt bei Floyd auf Granit. Gegen ein paar krumme Geschäfte und notfalls auch einige getürkte Schecks hat er nichts einzuwenden. Aber die Sache mit dem Falschgeld ist ein Bundesverbrechen, ihm ein paar Nummern zu groß und wohl auch zu heiß. Und er läßt Navarra abblitzen."

Mike McCoy nickte nachdenklich. „Aber Johnny Navarra ist nicht der Mann, der eine vielversprechende Beute so schnell vom Haken läßt. Buffalo hat ihm mit Sicherheit von Diana und ihren ehrgeizigen Zielen erzählt. Also macht er sich an das Mädchen heran, um Floyd umzustimmen."

McCoy machte eine Pause. „Tja, und was jetzt kommt, ist schwer zu sagen. Ich habe Diana am Fenster von Navarras Villa gesehen. Es fragt sich nur, ob sie aus freien Stücken bei ihm ist oder nicht."

„Eines ist sicher", meinte Lucky überzeugt. „Navarra hat Floyd erpreßt, so nach dem Motto: Entweder stellst du die Druckplatten her, oder deiner Tochter wird etwas Unschönes zustoßen! Ob Diana bei diesem dreckigen Spiel freiwillig mitgemacht hat oder nicht, ist vorerst völlig unwichtig. Floyd hat sich gebeugt und sich an die Arbeit gemacht, bestimmt irgendwo in einem Keller oder einer Hinterhofgarage in North Beach und unter Aufsicht von Navarras Leuten."

„Ja, das ist logisch", meine Jenny und merkte glücklicherweise nicht, daß Lucky ihren Einwurf fast als Beleidigung betrachtete. Was er sagte, war immer logisch!

„Floyd ist kein Dummkopf", rekonstruierte Mike McCoy das Geschehen weiter. „Er überlegt sich, was passiert, wenn er die fertigen Druckplatten und die erste Serie an Navarra abgeliefert hat. Wer garantiert ihm, daß Navarra Wort hält? Er beschließt deshalb, dieses Risiko zu umgehen. In jener Nacht nun, in der Enrico und Roberto dich in die Zange genommen haben, mein lieber Lucky, gelingt ihm die Flucht samt Blüten und Druckplatten. Seine Bewacher sind ihm hart auf den Fersen, und er versteckt sich im erstbesten, unverschlossenen Wagen . . . Dummerweise ist das meiner. Er beabsichtigt, den Inhalt des Koffers gegen seine Tochter einzutauschen. Doch dazu kommt es nicht mehr. Navarras Männer müssen ihn in meinem Wagen beim Wegfahren gesehen haben und sind uns gefolgt. Vielleicht war es auch nur einer. Auf jeden Fall versuchte man, Floyd und mich in dieser Nacht kurzerhand umzulegen und den Koffer sicherzustellen. Beinahe wäre es gelungen."

Lucky seufzte. „Wenn du meine Meinung wissen willst . . ."

„Darum bist du ja hier und schlürfst meine Drinks", meinte Mike McCoy mit gutmütigem Spott.

„. . . so bist du am besten beraten, wenn du in den sauren Apfel beißt und Sergeant Austin aufsuchst. Johnny Navarra ist kein kleiner Hinterhofgangster, der alten Frauen die Handtaschen entreißt und Kaugummiautomaten knackt, um an das Kleingeld zu kommen. Navarra ist ein Hai!"

Mike McCoy blickte ihn mit einem breiten Lächeln an. „Was du nicht sagst, Lucky. Aber leider kennst du Austin nicht so gut wie ich. Der Kerl ist so stur wie ein halsstarriger Esel, wenn es um seine geheiligten Paragraphen geht. Der läßt keine Entschuldigung gelten, und entschuldigen müßte ich eine ganze Menge. Er würde mich einlochen wegen Unterschlagung wichtiger Beweismittel und Informationen, Behinderung der Polizeiarbeit, Begünstigung mutmaßlicher Straftäter, Erpressung, was mein Gespräch mit Buffalo angeht, und wegen Besuchs eines illegalen Spielclubs. Denk an die Blüten, mit denen ich so freigebig gewesen bin. Austin würde mir daraus den Hehler-Strick drehen. Ach was, dem würde noch eine ganze Latte von Paragraphen einfallen, die ich seiner Ansicht nach unentschuldbar verletzt habe. Nein, bleib mir mit Sergeant Austin vom Hals. Wenn ich mich freiwillig in sein Büro begebe, muß ich ihm einen wirklich saftigen Brocken zum Fraß vorwerfen können, der ihn meine kleinen ... Überschreitungen gnädig vergessen läßt."

„Und dieser saftige Brocken soll Johnny Navarra sein, nicht wahr?" fragte Jenny.

„So ist es."

„Warum nimmst du dir nicht gleich noch vor, mit der gesamten Mafia aufzuräumen?" fragte Lucky sarkastisch.

„Floyd wird durchkommen. Doch solange sich Diana nicht in Sicherheit befindet, wird Floyd nicht gegen Navarra aussagen", erwiderte McCoy. „Doch wenn es mir gelingt, Diana zu befreien, ist der Gangster geliefert."

„Sofern Diana nicht freiwillig bei ihm ist", gab Jenny zu bedenken.

„Richtig, doch als unverbesserlicher Optimist schließe ich diese Möglichkeit erst einmal aus", sagte Mike McCoy.

„Dann stellt sich ja eigentlich nur noch die lächerlich einfach zu beantwortende Frage: Wie holt man eine mutmaßliche Geisel aus solch einer hermetisch abgeriegelten und schwer bewachten Festung heraus?" brummte Lucky ungehalten, weil er allein schon die Idee für verrückt hielt. „Ich heiße nicht Superman, und du hast wenig Ähnlichkeit mit James Bond, der im Film so schön aus der großen Trickkiste greifen kann. Du hast mir selbst von den Sicherheitsmaßnahmen erzählt. Wie willst du also unbemerkt über die Mauer kommen – geschweige denn ins Haus? Nein, das ist hirnrissig!"

Mike McCoy lächelte vergnügt. „Reg dich wieder ab, Lucky. Ich habe nicht vor, mich in ein Himmelfahrtskommando einzulassen. Ich glaube, ich sollte euch erst mal von dem Telefongespräch erzählen, das Navarra in meiner Gegenwart geführt hat. Vielleicht kapierst du es dann."

Nachdem McCoy von dem kurzen Gespräch berichtet hatte, zuckte Lucky verständnislos mit den Achseln. „Entschuldige, aber ich verstehe nicht, was diese Abendgesellschaft mit uns zu tun hat? Deshalb wird er doch nicht alle Zugänge sperrangelweit offenstehen lassen."

„Warte ab. Ich muß erst mal ein kurzes Telefonat mit dem Chef von *Jefferson's Party Service* führen", sagte McCoy und begab sich hinunter in den Wohnraum. Gespannt, worauf McCoy bloß hinauswollte, folgten ihm Jenny und Lucky.

Mike McCoy suchte die Nummer aus dem Telefonbuch und wählte. Als am anderen Ende abgenommen wurde, meldete er sich mit energischer Stimme: „Hier Villa Navarra. Den Geschäftsführer bitte! ... Ja ... Verbinden Sie mich! ... Hallo? ... Ja, Navarra. Richtig ... Ich möchte mich nur vergewissern, daß Sie die bestellten Speisen zur rechten Zeit anliefern ... Ausgemacht war ... ja, acht Uhr ... Gut, verbleiben wir dabei ... Natürlich ... Ihnen auch. Danke." McCoy legte auf und wandte sich Lucky und Jenny zu. „Um acht Uhr heute abend kommt der Lieferwagen mit den Büfettplatten. Johnny Navarra veranstaltet so etwas wie eine Mitternachtsparty."

„Und was haben wir davon?" fragte Lucky. „Wüßte nicht, daß man uns Einladungen zugeschickt hätte."

„Die brauchen wir auch nicht", erwiderte McCoy und erklärte ihm, welchen Plan er sich zurechtgelegt hatte.

„Ich muß gestehen, die Idee ist so gut, daß sie glatt von mir hätte kommen können", meinte Lucky, und der skeptische Ausdruck war von seinem Gesicht gewichen.

„Ein größeres Lob hättest du mir wirklich nicht machen können", entgegnete McCoy spöttisch. „Darf ich davon ausgehen, daß du mit von der Partie bist? Ich könnte den Job aber auch gut im Alleingang ausführen."

Entrüstet sah Lucky ihn an. „Willst du mich beleidigen? Ich habe nicht vor, dich allein gehen zu lassen. Falls es doch brenzlig werden sollte, brauchst du jemanden an deiner Seite, der die Situation eiskalt abschätzt und beherzt handelt!"

McCoy verkniff sich ein belustigtes Lächeln. „Du hast recht, einen solchen Mann brauche ich wirklich", versicherte er.

„Übrigens, ich bin auch mit von der Partie", machte sich Jenny nun bemerkbar.

„Kommt gar nicht in Frage!" riefen McCoy und Lucky wie aus einem Mund.

„O doch! Ihr braucht noch eine dritte Person, falls ihr nicht Gefahr laufen wollt, daß euer Plan letztlich in die Hose geht", behauptete Jenny. „Ich erkläre es euch gern."

„Da bin ich aber mal gespannt", meinte McCoy skeptisch.

Jenny legte ihnen nun kurz und knapp dar, was sie beide ihrer Meinung nach in ihrer Planung völlig übersehen hatten. Und mit verborgener Genugtuung stellte sie fest, daß sich die

beiden Männer betreten anblickten, als sie geendet hatte.
„Tja, also . . . ihre Argumente lassen sich nicht so einfach vom Tisch wischen“, sagte Mike McCoy verlegen. „Das mit dem Rückzug im Notfall . . . ich meine . . . äh, so unrecht hat Jenny da gar nicht. Was meinst du, Lucky?“

Lucky rang noch mit sich selbst. „Na gut, wollen wir ihr eine Chance geben“, brummte er dann und blickte dabei großzügig darüber hinweg, daß sie in Wirklichkeit auf ihre Unterstützung angewiesen waren, wenn sie nicht in die Falle geraten wollten.

Jenny lächelte nur.

„Dann ist ja alles klar“, sagte McCoy.

„Nur eines gefällt mir nicht“, meinte Lucky mit gerunzelter Stirn.

„Und das wäre?“

„Falls sich unser genialer Plan später als doch nicht ganz so genial erweist und Navarras Männer uns hochnehmen, wird dein lieber Freund, Sergeant Larry Austin, noch arglistige Täuschung und Hausfriedensbruch auf die lange Liste deiner ‚kleinen Überschreitungen‘ setzen.“

Mike McCoy zuckte nur mit den Achseln. Sollte wirklich etwas schiefgehen, würde Johnny Navarra bestimmt dafür sorgen, daß sie sich über nichts mehr den Kopf zu zerbrechen brauchten. Für immer.

Auf Eis gelegt

Es war auf die Sekunde genau acht Uhr, und der Lieferwagen vom Party Service war noch immer nicht aufgetaucht. Unruhig ging Lucky auf der Straße hin und her.

„Vielleicht hat der Manager noch mal bei Navarra angerufen, und der Gangster hat Lunte gerochen?"

„Dann hätte er uns schon längst seine Gorillas auf den Hals geschickt", beruhigte Mike McCoy seinen Freund. „Also reg dich ab und renn nicht wie ein eingesperrtes Raubtier vor meiner Nase hin und her!"

McCoy und Lucky hielten sich gut zweihundert Meter unterhalb vom schweren Doppeltor der Navarra-Villa auf, waren von dort jedoch nicht zu sehen, da die Straße kurz vor dem Tor einen scharfen Bogen machte.

„Du hast gut reden . . .", begann Lucky.

McCoy hob die Hand. „Warte mal. Ich glaube, Jenny meldet sich", sagte er und drehte am Lautstärkeregler des kleinen Sprechfunkgeräts, das er die ganze Zeit in der Hand gehalten hatte. „Jenny?"

„Ja, der Wagen biegt soeben von der Landstraße ab", drang Jennys Stimme aus dem Mini-Lautsprecher des Walkie-talkies. „Macht euch bereit."

„Wir sind die ganze Zeit bereit", antwortete Mike McCoy.

„Okay, ich bleibe auf Empfang."

„Es geht los, Lucky."

„Hoffentlich klappt auch alles so, wie wir uns das ausgedacht haben", murmelte Lucky.

Ein weißer Lieferwagen, der in blauer Farbe die Aufschrift *Jefferson's Party Service* trug, tauchte auf der Zufahrtsstraße zu Navarras Villa auf. McCoy und Lucky standen mitten auf der Straße und brachten ihn zum Halten. Zwei junge Burschen saßen im Wagen.

Mike McCoy trat an die Fahrertür. „Hallo, ihr bringt die Platten für unseren Boss, nicht wahr?" fragte er kumpelhaft.

Der Fahrer nickte. „Ja, wenn Mister Navarra euer Boss ist."

„Das ist er", bestätigte McCoy. „Wir gehören zu seiner Sicherheitstruppe. Mister Navarra ist ein bedeutender Mann, wie ihr vielleicht schon gehört habt. Aus Sicherheitsgründen müssen wir den Wagen hier übernehmen."

„Davon hat uns keiner was erzählt", erwiderte der Fahrer verunsichert. „Ich weiß nicht, ob wir das tun dürfen, Mister."

„He, unser Boss ist ein guter Kunde. Und ihr wollt doch sicher keinen Ärger mit eurem Chef haben, oder?" fragte Lucky.

„Außerdem, wo sollten wir mit eurem Wagen schon hin?" fügte Mike McCoy hinzu. „Die Straße ist eine Sackgasse und endet vor dem Tor da oben." Er zog zwei Zwanziger heraus und reichte sie dem Fahrer durch das Fenster. „Das hier ist von unserem Boss für die Unannehmlichkeiten, die ihr wegen seiner Sicherheitsmaßnahmen habt, Jungs."

Der Fahrer nahm die beiden Scheine zögernd entgegen und sah seinen Beifahrer an. „Was meinst du, Rex?"

Rex zuckte grinsend die Achseln. „Wird schon alles seine Richtigkeit haben", meinte er und schielte auf das Geld.

„Da drüben steht eine Eisbox mit Bier, Coke und Zigaretten", sagte McCoy und deutete auf die kleine Kühltruhe am Straßenrand. „Bedient euch. Es kann 'ne Weile dauern, bis wir mit dem Wagen wieder zurück sind."

„Hat keine Eile", sagte Rex begeistert. „Wir kriegen Überstunden bezahlt."

„Dann ist ja alles in Ordnung, Jungs", erwiderte McCoy und war erleichtert, als die beiden jungen Männer nun ausstiegen und ihm den Lieferschein übergaben.

Lucky klemmte sich hinter das Steuer, während McCoy auf dem Beifahrersitz Platz nahm. Er schaltete das Walkie-talkie ein. „Wir sind auf dem Weg, Partner."

„Okay, alles andere läuft wie vereinbart", antwortete Jenny. „Gebt mir aber mindestens zwanzig Minuten... und viel Glück!"

„Danke. Verstanden. Ende."

Mike McCoy mußte damit rechnen, daß ihm der Leibwächter Ron wieder über den Weg lief. Eine Veränderung seines äußeren Erscheinungsbildes war daher unerläßlich. Die Maskierung erfolgte im Handumdrehen. Alles lag griffbereit in der Segeltuchtasche, die er dabei hatte: Langhaarperücke, Nickelbrille, falscher Schnurrbart und zwei halbrunde Plastikplättchen, die er sich in die Backen schob.

Während Lucky langsam die Straße hochfuhr, zerrte der Privatdetektiv noch die beiden weißen Kittel und Mützen heraus, die sie nun schnell überzogen.

„Wie sehe ich aus?" wollte Mike McCoy wissen, als das Doppeltor hinter der Biegung auftauchte.

„Wie ein wohlgenährter Student, der sich schon seit Jahren erfolgreich vor dem Examen gedrückt hat", meinte Lucky. „Diese Pausbacken stehen dir. Du bist wirklich nicht wiederzuerkennen."

McCoy grinste und warf einen letzten prüfenden Blick in den

Fahrerspiegel. Lucky hatte recht. Er hatte runde Backen wie ein Hamster. Ron würde ihn mit Sicherheit nicht wiedererkennen, und das war beruhigend.

Zwei von Navarras Männern lehnten gelangweilt am Tor. Trotz der effektvollen Maskierung war McCoy doch froh zu sehen, daß Ron nicht darunter war.

„Wir bringen das Büfett für Mister Navarra", sagte Lucky, als die beiden Männer zu ihm an die Fahrertür traten, und er zeigte ihnen den Lieferschein.

„Sieh mal rein, Marvin", forderte der eine seinen Kumpel auf.

Der mit Marvin Angesprochene nickte und ging um den Wagen herum. Er zog die Schiebetür zum Laderaum auf und vergewisserte sich, daß der Lieferwagen wirklich nichts anderes als die bestellten Platten brachte.

„Alles in Ordnung, Colin. Ich fahr mit ihnen zur Villa hoch."

Colin schien das nur recht zu sein. „Okay", sagte er gedehnt und gab Lucky den Lieferschein zurück.

Marvin setzte sich in einen der beiden Golfwagen, die am Rand der Auffahrt standen, und bedeutete Lucky, ihm zu folgen.

„Das hätte also auch geklappt", freute sich McCoy.

„Aber was machen wir, wenn uns dieser Marvin nicht aus den Augen läßt?" wollte Lucky, leicht beunruhigt, wissen.

„Dann sorgen wir eben dafür, daß er sie für eine Zeitlang schließt", antwortete Mike McCoy gelassen. „Aber überlasse das mir. Im schlimmsten Fall ziehen wir unverrichteter Dinge wieder ab."

Marvin bog von der breiten Auffahrt auf einen schmaleren Seitenweg ab, der sie um die herrschaftliche Villa herum zum Lieferanteneingang führte. McCoy konnte sein Glück kaum

fassen, als er sah, daß Marvin direkt vor dem Westflügel hielt.
„Besser hätten wir es ja gar nicht treffen können“, sagte er zu Lucky. „Wir brauchen nicht quer durch das ganze Haus, sondern nur einen Stock höher.“

„Aber wenn Diana nicht freiwillig hier ist, wird sie bestimmt bewacht“, meinte Lucky düster und bereute, daß er darauf bestanden hatte, McCoy bei diesem gefährlichen Unternehmen zu begleiten. Aber an Deck der *Titanic* und mit einem eisgekühlten Drink in der Hand war ihm das gar nicht so gefährlich vorgekommen.

„Möchtest du lieber hier im Wagen warten?“ fragte McCoy.

Empört blickte Lucky ihn an, während er abstoppte und den Motor abstellte. „O nein, ich werde der Gefahr, ohne mit der Wimper zu zucken, ins Auge sehen!“

„Das mit der Gefahr hat noch etwas Zeit“, erwiderte McCoy trocken. „Zuerst einmal heißt es Silberplatten schleppen.“

Johnny Navarra mußte eine große Gesellschaft geben, wenn man von der Zahl der Büfettplatten mit den auserlesenen lukullischen Köstlichkeiten auf die Zahl der zu erwartenden Gäste schließen durfte. Auf jeden Fall hatten Mike McCoy und Lucky reichlich zu tun. Und die Platten waren schwer, so daß sie ganz schön ins Schwitzen gerieten.

Vom Lieferwagen führte sie der Weg durch einen gut zehn Meter langen Flur in einen kühlen Vorratsraum, der neben der großen Küche lag, wo zwei Kellner über die Zusammenstellung der Getränke diskutierten. Außer diesen beiden Männern in der Küche und Marvin, der an der Tür zum geräumigen Vorratsraum lehnte und eine Zigarette rauchte, ließ sich niemand sonst in diesem Teil des Hauses blicken.

„Das ist die letzte Platte“, raunte Lucky nervös, als sie

zusammen ein langes, schweres Silbertablett aus dem Lieferwagen holten.

„Laß mich nur machen“, erwiderte McCoy und legte ein handlanges Stück Eis an den Rand der Platte. „Kannst du das Tablett gleich für einen Augenblick allein tragen.“

„Ich werd’s wohl müssen, nicht wahr?“

„Du hast es erfaßt, Lucky. Also, dann los!“

Als sie an Marvin vorbei in den Vorratsraum traten, drehte sich McCoy zu ihm um. „Könnten Sie uns einen Gefallen tun und die Platte dort mit dem Lachs ein Stück mehr nach rechts schieben?“ fragte er und deutete mit dem Kopf auf einen der schon fast vollgestellten rollbaren Serviertische. „Dann können wir diesen Brummer hier auch noch darauf absetzen.“

„Okay“, sagte Marvin, stieß sich vom Türrahmen ab und ging an McCoy vorbei auf den Servierwagen zu.

Mike McCoy warf seinem Freund einen Blick zu, der ihm sagte, daß jetzt der entscheidende Augenblick gekommen war. Er ließ das Tablett los, das in Luckys Händen einen Moment lang bedenklich schwankte, nahm das solide Stück Eis vom Rand und trat hinter Marvin.

Der Gangster bemerkte die Bewegung aus den Augenwinkeln. Er ahnte die Gefahr wohl mehr, als daß er sie bewußt erkannte. Er wollte herumwirbeln, und seine rechte Hand bewegte sich schon instinktiv dorthin, wo er seinen Revolver trug.

Doch Mike McCoy hatte den entscheidenden Überraschungseffekt auf seiner Seite. Er schlug mit dem Eisbrocken zu. Es war ein gut plazierter Hieb, der Marvin vorübergehend ins Reich der Träume schickte.

Mike McCoy fing den zusammensackenden Körper auf und

ließ ihn sanft zu Boden gleiten. „Buchstäblich auf Eis gelegt", murmelte er zufrieden. „Lucky ... Komm her! ... Hilf mir, ihn zu verschnüren!" Er zerrte zwei Paar überlange Schnürsenkel, ein frisches Taschentuch und einen Streifen breites Klebeband aus der Hosentasche.

„Du ... hast ... gut ... reden!" keuchte Lucky und balancierte das schwere Tablett zum Servierwagen. Fast wäre es ihm noch aus den Händen gerutscht. Doch dann ruhte es endlich neben dem Lachs, und Lucky eilte zu McCoy.

„Wir können ihn doch nicht einfach hier liegenlassen", meinte Lucky, als Marvin an Händen und Füßen gefesselt war und einen lockeren Knebel verpaßt bekommen hatte. „Wenn einer aus der Küche hier hereinkommt, stolpert er doch sofort über ihn."

„Erst denken, dann reden", knurrte McCoy. „Da drüben steht eine Menge Kartons. Wir legen ihn dahinter. Da wird ihn niemand finden. Außerdem haben wir ja auch nicht vor, bis Mitternacht hierzubleiben."

Augenblicke später lag Marvin hinter den Kartons. McCoy nahm den Revolver des bewußtlosen Gangsters an sich. „Für alle Fälle", sagte er beruhigend, als er den Blick seines Freundes auffing. „Und jetzt geht's einen Stock höher. Du bleibst ganz ruhig. Falls uns irgendwer aufhält, sagen wir, daß wir jemanden suchen, der den Lieferschein unterschreibt, okay?"

„Wenn das man nicht ins Auge geht", seufzte Lucky.

Mike McCoy trat aus dem Vorratsraum und blickte den Gang hinunter. Es war niemand zu sehen. Lucky zog die Tür hinter sich ins Schloß und folgte McCoy den Flur hinunter in Richtung Treppe. Er hatte ein reichlich flaues Gefühl im

Magen, und sein Mund war wie ausgedörrt.

Als sie den Treppenaufgang erreichten, blieb McCoy kurz stehen. Musik und das Gelächter von zwei Männern drangen vom anderen Ende des Flurs zu ihnen.

„Ganz lässig und entspannt“, sagte McCoy. „Wir sind zwei harmlose Burschen vom Party Service, vergiß das nicht!“

Lucky schluckte. „Hab nie viel für Partys übrig gehabt.“

McCoy knuffte ihn in die Seite. „Komm, wir schaffen das schon“, sagte er aufmunternd und lächelte zuversichtlich. Doch er war alles andere als die Ruhe in Person. Innerlich war er aufs äußerste angespannt, und sein Puls schlug auch nicht gerade im normalen Takt. Doch er wußte aus Erfahrung, daß alles nur eine Sache der Selbstkontrolle und Beherrschung war.

Sie gingen die Treppe hoch. Mike McCoy hielt in der linken Hand den Lieferschein, während er die rechte scheinbar lässig in der Tasche des weißen Kittels stecken hatte. Doch dort hielt er den Revolver.

Als sie den oberen Treppenabsatz erreichten, sahen sie sofort den gedrungenen, stämmigen Mann mit der eingeschlagenen Boxernase, der vor einer Tür auf einem Stuhl saß und in einem Comic-Heft blätterte. In dem Moment, als das Boxergesicht aufblickte und abrupt von seinem Stuhl hochkam, wußte McCoy, daß seine Theorie stimmte und Diana Webster gegen ihren Willen hier in Johnny Navarras Villa festgehalten wurde. Und zwar genau dort hinter der Tür, vor der jetzt der Kerl mit der lädierten Nase stand.

„He, was habt ihr hier zu suchen?“ fuhr er sie an und musterte sie mehr ärgerlich als mißtrauisch. „Verschwindet sofort von hier oben, wenn ihr keinen Ärger haben wollt.“

„Alles, was wir wollen, ist eine läppische Unterschrift unter diesen Lieferschein", sagte McCoy und gab seiner Stimme einen unwilligen und zugleich doch schüchternen Unterton. „Wir sind von *Jefferson's Party Service* und haben gerade die Platten für Mister Navarras Party angeliefert. Und jetzt brauchen wir 'ne Unterschrift." Er war nur noch einige wenige Schritte von dem Aufpasser entfernt.

„Da seid ihr bei mir an der falschen Adresse", knurrte das Boxergesicht.

„Das glaube ich nicht!" erwiderte Mike McCoy, war mit einem Satz bei ihm und stieß ihm den Revolver in die Rippen. „Ein Laut, und deine Frau kassiert von morgen an Witwenrente!" Es war ein gefährlicher Bluff, denn McCoy dachte nicht im Traum daran, seine Drohung in die Tat umzusetzen. Er konnte nur hoffen, daß sich der Gangster nicht in das Risiko einließ, an der Ernsthaftigkeit seiner Drohung zu zweifeln.

Das Boxergesicht riß den Mund auf, doch ein Schrei drang nicht aus seiner Kehle. Seine Augen blickten verständnislos und dann – nach einer Schocksekunde – sprach nackte Angst aus ihnen. Wie zu Stein erstarrt stand er da.

„Ich sehe, du hast begriffen, wer hier den Finger am Abzug hat!" sagte McCoy scharf. „Ist Diana Webster da drin?"

Das Boxergesicht nickte stumm.

„Okay, dann wollen wir sie zusammen besuchen", sagte Mike sarkastisch und gab Lucky einen Wink.

Die Tür war von außen abgeschlossen. Hastig drehte Lucky den Schlüssel um, spähte zögernd ins Zimmer und machte dann Platz für seinen Freund, der den noch immer sprachlosen Gangster mit dem Revolver vor sich herschob.

Mit einem Blick orientierte sich McCoy. Sie befanden sich in einem elegant eingerichteten Schlafzimmer mit einem Baldachinbett, einer kleinen Sitzecke, einer kostbar verspiegelten Frisierkommode, einem Farbfernseher und einem Durchgang in ein angrenzendes Bad. Die Gestalt, die auf dem Bett lag und zu schlafen schien, war ohne Zweifel Diana Webster.

„Umdrehen!“ befahl McCoy.

Mit den hölzernen Bewegungen einer Puppe drehte sich der Gangster um. McCoy machte kurzen Prozeß mit ihm. Ein kurzer, trockener Hieb, und Boxergesicht folgte dem Beispiel von Marvin.

McCoy entwaffnete den Bewußtlosen und warf seinem Freund den Revolver zu. „Du behältst ihn schön im Auge und sorgst dafür, daß er keinen Krach schlägt, falls er schneller, als erwartet, wieder zu sich kommen sollte. Ich kümmere mich indessen um Diana.“

„Himmel, beeil dich bloß! Ich weiß nicht, wie man mit so ’ner Knarre umgeht“, stieß Lucky hervor und fuhr sich mit der Zunge über die trockenen Lippen.

„Sorge du nur dafür, daß er einen tiefen Blick in die Revolvermündung genießen kann, falls er ein bißchen verfrüht aufwacht“, ermahnte McCoy ihn und lief zu Diana ans Bett. Sie trug einen Bademantel aus dunkelbraunem Cord.

Er rüttelte sie an den Schultern. „Diana . . . Hören Sie mich? Wachen Sie auf! . . . Diana!“ Er schüttelte sie fester.

Zögernd schlug sie die Augen auf und starrte ihn glasig an. Sie schien ihn nicht wirklich zu sehen. Ihre Handbewegungen waren schwerfällig und reichlich unkontrolliert, als sie ihn wegzustoßen versuchte. „Nein . . . nicht . . . schon wieder“, murmelte sie benommen. „Keine . . . Spritze . . . bitte . . .“

„Mist, verdammter!“ fluchte McCoy.

„Was ist?“

„Diese Schweine haben sie offenbar unter Drogen gesetzt, um sie schön ruhig zu halten. Jemand, der unter dem Einfluß von starken Beruhigungsmitteln steht, kann schlecht flüchten oder sonst irgendwelchen Ärger machen."

„Und was jetzt?" stieß Lucky aufgeregt hervor. „Wir können sie doch nicht einfach wegtragen!"

„Notfalls werden wir genau das tun müssen", erwiderte McCoy und zerrte Diana vom Bett. „Doch zuerst versuche ich mal, sie ein bißchen munter zu kriegen."

Er mußte sie fast ins Bad tragen, denn Diana war nicht in der Lage, diese kurze Distanz aus eigener Kraft zu bewältigen. Sie war noch zu stark benommen. McCoy haßte das, was er nun tun mußte. Aber die Zeit drängte. Und so drückte er ihren Kopf ins Waschbecken und ließ kaltes Wasser darüber fließen. Und während er sich bemühte, sie einigermaßen wach zu bekommen, redete er beschwörend auf sie ein und erklärte ihr immer wieder, wer er war und weshalb sie unbedingt ihre stillen Willensreserven mobilisieren mußte.

Scheinbar endlos lange Minuten vergingen, doch dann schienen seine Worte, von der Wirkung des kalten Wassers hilfreich unterstützt, sie endlich zu erreichen.

„Wir müssen hier raus, Diana!" beschwor er sie.

Zitternd lehnte Diana im Bad an der Wand. Verstehen flackerte in ihren Augen auf. „Ja . . . raus . . . nur raus", brachte sie mit schwacher Stimme hervor.

„Kommen Sie, ich stütze Sie", sagte Mike McCoy und legte ihren Arm um seine Schulter.

„Nichts wie weg!" rief Lucky erleichtert und mit gedämpfter Stimme, als er sie aus dem Bad kommen sah.

„Sieh nach, ob die Luft rein ist!" forderte MacCoy ihn auf und folgte ihm zur Tür. Wie ein schwerer Sack hing Diana Webster an ihm.

Lucky öffnete die Tür und stieß einen erstickten Schrei aus. Ein breitschultriger Mann stand wie aus dem Boden gewachsen vor ihm. Er sah den Revolver in der Hand des Mannes und dachte: Aus der Traum! Im selben Augenblick schlug Ron zu.

Der Fausthieb schleuderte Lucky mit der Wucht eines Dampfhammers zurück. Er stürzte aufschreiend gegen McCoy, riß seinen Freund zusammen mit Diana zu Boden und verlor den Revolver, den er in der Hand gehalten hatte. Stöhnend krümmte er sich am Boden.

Wir sind geliefert! Das war alles, was er denken konnte, während er nach Atem rang. Wir sind geliefert!

In letzter Sekunde

Mike McCoy erlebte die entscheidenden ersten Schocksekunden wie in Zeitlupe. Als Lucky die Tür öffnete, sah McCoy zuerst Ron, dann – hinter ihm – Johnny Navarra. Er registrierte auch den Schlag, der seinen Freund völlig unvorbereitet traf, ihn quasi von den Sohlen hob und rückwärtsschleuderte. Er wollte zur Seite springen, doch Diana hing wie eine zentnerschwere Klette an ihm und verhinderte jegliches reaktionsschnelle Manöver. Als er sich von ihr frei gemacht hatte, prallte Lucky schon gegen ihn und riß ihn mit zu Boden. Diana, ihrer Stütze beraubt, stürzte ebenfalls. Ihr Arm glitt durch das Haar seiner Perücke und riß sie ihm vom Kopf. Gleichzeitig verlor er die Brille.

Als Mike McCoy sich endlich von der Last seines Freundes befreit hatte und aufspringen wollte, war Ron schon bei ihm. Sein Schwinger erwischte den Privatdetektiv halb im Stehen.

McCoy taumelte zurück, erhielt einen zweiten Faustschlag, und stieß gegen einen der Bettpfosten. Seine Waffe hatte er, genauso wie Lucky, schon längst verloren.

„Das genügt!“ rief Johnny Navarra.

„Ich wußte doch, daß hier irgend etwas faul ist!“ stieß Ron hervor und hielt McCoy mit vorgehaltener Waffe in Schach. „Das ist dieser verdammte Schnüffler... dieser McCoy!“

Johnny Navarra kam nun näher, das Gesicht hochrot vor Wut. Er riß McCoy den falschen Schnurrbart von der Oberlippe. „Richtig, Mister McCoy!“ zischte er. „Sieh an, sieh an! Was für ein Glück, daß ich gerade nach dem Befinden unseres lieben Gastes schauen wollte.“

„Sie halten Diana als Geisel, Navarra!“ stieß Mike McCoy keuchend hervor und überlegte fieberhaft, wie er sich auf die veränderte Situation einstellen sollte.

„Was für eine erstaunliche geistige Leistung, McCoy!“ höhnte Navarra. „Sie können also wirklich drei und drei zusammenzählen. Ich bin beeindruckt. Ich habe Sie unterschätzt. Solch eine tollkühne Aktion hätte ich Ihnen nicht zugetraut.“

„Soll ich die Jungs alarmieren?“ fragte Ron grimmig.

„Keine Panik, wir haben die Situation unter Kontrolle“, antwortete Navarra und genoß sichtlich die bittere Niederlage seines Widersachers. „Mister McCoy und sein Freund werden keinen Schaden mehr anrichten, dafür werden wir Sorge tragen, nicht wahr, Ron?“

Ein gemeines Lächeln trat auf Rons Gesicht. „Mit Vergnügen, Boss!“

„Okay, diese Runde geht an Sie, Navarra . . .“, begann Mike McCoy.

„Das ganze Spiel geht an mich, mein Lieber“, fiel Navarra ihm höhnisch ins Wort. „Wir werden Sie und Ihren Freund wohl oder übel aus dem Verkehr ziehen müssen, und ich befürchte . . . für immer. Sie sind ein zu großes Sicherheitsrisiko geworden.“

„Sie scheinen zu vergessen, daß sich mit einem Toten schlecht über Druckplatten verhandeln läßt“, spielte Mike McCoy seinen letzten Trumpf aus.

„Das mag stimmen, McCoy. Und ich gebe ungern zu, daß Sie mir einen nicht unbeträchtlichen Schaden zugefügt haben. Ich werde die Druckplatten wohl als Verlust abschreiben müssen. Aber Sie haben vergessen, daß sich Diana noch immer in meiner Gewalt befindet. Und das wird auch so sein, wenn unser guter, lieber Floyd aus dem Krankenhaus entlassen wird. Und Sie können sicher sein, daß Floyd sich noch ein zweites Mal an die Arbeit machen wird. Ich werde mich eben noch einige Wochen gedulden müssen. Das ist alles“, erklärte Navarra gelassen.

Während Navarra sprach, bemerkte McCoy, daß Lucky ihm ein Zeichen mit den Augen zu geben versuchte. Sein Freund lag ein Stück rechts, seitlich von Ron. Er stöhnte noch immer, doch McCoy erkannte an Luckys Blick, daß er den größten Schmerz verdaut hatte und nur noch den Benommenen spielte. Gleichzeitig bewegte sich sein linker Arm langsam auf das vordere Bein des Hockers zu, der nur eine halbe Armlänge von ihm entfernt vor der Frisierkommode stand.

Mike McCoy begriff, was Lucky plante. Und es war nun seine Aufgabe, die Aufmerksamkeit von Johnny Navarra und

Ron voll und ganz auf sich zu lenken.

„So leicht werden Sie es wohl nicht haben", stieß McCoy hervor und tat so, als würde er mit dem Rücken vom Bettpfosten abrutschen. Er taumelte ein Stück zur Seite. „Wir haben uns natürlich auch abgesichert . . ."

„Rühr dich nicht von der Stelle, Schnüffler!" warnte Ron und drehte sich automatisch in die Richtung des Privatdetektivs – und wandte damit Lucky den Rücken zu.

Lucky zögerte nun nicht länger. Er bekam das Hockerbein zu fassen, stemmte sich hoch und schleuderte dem Gangster den Hocker mit aller Kraft, zu der er noch fähig war, ins Kreuz.

Was darauf geschah, spielte sich in wenigen Augenblicken ab. Ron bemerkte die Bewegung hinter sich und zögerte einen Moment. Dann traf ihn der Hocker und brachte ihn aus dem Gleichgewicht. Ein Wutschrei entrang sich seiner Kehle, und er feuerte noch im Taumeln auf McCoy. Der Privatdetektiv befand sich zu diesem Zeitpunkt jedoch schon aus dem Schußbereich der Waffe. Die Kugel sirrte an ihm vorbei, drang durch den hinteren Vorhang des Himmelbettes und bohrte sich in die Wand.

Zu einem zweiten Schuß kam Ron schon nicht mehr. Mike McCoy revanchierte sich nun für die Prügel, die er von ihm bezogen hatte, und schickte ihn mit zwei schulmäßigen Links-rechts-Kombinationen auf den Teppich.

Zur gleichen Zeit kam Diana wankend auf die Beine. Im selben Moment stürzte sich Lucky auf Johnny Navarra, der glücklicherweise die Angewohnheit besaß, nie mit einer Waffe herumzulaufen – schon gar nicht in seinem eigenen Haus. Dafür hatte er ja seine bezahlten Revolvermänner.

Lucky war zwar kein durchtrainierter Kämpfer, doch die

Augenblicke der Angst und die Wut in ihm machten ihn zu einem Berserker.

„Halt ihn fest!" schrie Mike McCoy seinem Freund zu, nachdem er Ron zu Boden geschickt und den Revolver des Gangsters an sich genommen hatte. Wenn sie Navarra in ihre Gewalt bekamen, war das soviel wie ein Freifahrtschein in die Freiheit.

Doch Johnny Navarra entwand sich geschickt Luckys Griff und stürzte aus dem Zimmer. Laut gellte seine sich überschlagende Stimme durch das Haus.

„Jetzt nichts wie raus hier!" schrie McCoy. „Der Schuß und Navarras Geschrei reichen, um Tote aufzuwecken. Du nimmst Diana! Schlepp sie, zerr sie oder tu sonstwas, aber bring sie zum Wagen hinunter. Ich geh voran und verschaffe uns notfalls mit dem Ballermann Platz!"

Lucky verstand. Er benötigte keine weiteren Anweisungen. Er wußte nur zu gut, daß es jetzt ums Ganze ging. Er packte Diana und zerrte sie hinaus. McCoy lief zur Treppe vor. Noch ließ sich keiner von Navarras Leuten blicken. Offenbar hatten sie Glück, und der Rest der Navarra-Truppe hielt sich im anderen Teil der Villa auf. Aber auch das würde ihnen nur einen äußerst knappen Vorsprung verschaffen.

Ungehindert kamen sie die Treppe hinunter. Während Lucky mit Diana den Flur zum Ausgang hinunterhastete, stürmten am anderen Ende des Ganges zwei Männer um die Ecke, Waffen in den Händen.

McCoy schrie ihnen eine Warnung zu und gab einen bewußt hoch gezielten Schuß ab. Er wollte niemanden treffen, sondern die Verfolger nur in Deckung zwingen und sie sich so vom Leib halten. Und das gelang ihm auch. Fluchend warfen sich die beiden Gestalten zu Boden.

Lucky schob Diana schon in den Wagen, als Mike McCoy gerade rückwärts durch den Lieferanteneingang kam. Fast wäre er über die beiden Stufen gestolpert. Er fing sich und war mit zwei Sätzen bei Lucky im Wagen.

„Ab die Post!“ brüllte er und behielt den Eingang im Auge.

Der Motor heulte auf, als Lucky die Zündung einschaltete und dabei Vollgas gab. „Wohin?“

„Hinunter zum Bootshaus! Jenny ist unsere einzige Rettung! Das Doppeltor an der Straße ist nach dem Geballere garantiert verrammelt und verriegelt!“ keuchte Mike McCoy atemlos, lehnte sich aus dem Seitenfenster und jagte eine Kugel in den Verputz über dem Lieferanteneingang, wo sich plötzlich ein ganz Vorwitziger zeigte. „Fahr querfeldein!“

Lucky brauchte keine zweite Aufforderung. Er ließ den Gang einrasten, trat das Gaspedal bis zum Anschlag durch – und der Lieferwagen schoß wie eine Rakete los, mitten durch die Rosenbüsche.

Mehrere Kugeln schlugen mit einem häßlichen Geräusch in die hintere Ladetür des Kleintransporters, als dieser schlingernd über die gepflegten Gartenanlagen jagte und dabei Erde, Blumen und Grasnarbe hochwirbelte.

Lucky schien an dieser Art des Fahrens Gefallen zu finden. Sein Gesicht entspannte sich etwas, und fast lächelte er, als er sagte: „Weißt du eigentlich, daß ich früher mal Moto-Cross-Fahrer werden wollte?“

„Dafür, daß du es nicht geworden bist, machst du deine Sache verdammt gut“, meinte Mike McCoy. „Du schaffst Arbeit für ein Dutzend Gärtner!“

Die hintere Terrasse flog nun linker Hand an ihnen vorbei.

Mehrere Männer rannten am Pool entlang und versuchten ihnen den Weg abzuschneiden. Eine dichte Hecke schwerer Buchsbäume lag wie eine unüberwindliche Barriere vor ihnen.

„Durch die Hecke kommst du nicht durch!“ warnte Mike McCoy seinen Freund.

„Ich nehm den Plattenweg!“ rief Lucky und riß den Wagen nach rechts, wo ein breiter Weg aus schweren Bruchsteinen stufenförmig durch die Hecke führte. „Haltet euch fest!“

Ohne den Fuß vom Gaspedal zu nehmen, jagte Lucky den Kleintransporter die Treppe hinunter. McCoy knallte mit dem Kopf ans Wagendach. Es schepperte und ächzte ohrenbetäubend, und ihm war, als würde sich der Wagen jeden Moment in seine Bestandteile auflösen. Diana hielt sich krampfhaft an der Rücklehne der durchgehenden Fahrerbank fest und schrie entsetzt. Jetzt lenkte Lucky den Wagen vom Plattenweg zurück auf den Rasen. Gut hundert Meter vor ihnen lag das Ufer mit dem Bootshaus. Ein Anlegesteg führte dreißig Meter ins Wasser hinaus.

„Wo ist Jenny mit dem Boot?!“ rief Lucky aufgeregt. „Mein Gott, wir sind geliefert, wenn sie nicht rechtzeitig da unten am Steg ist!“ Er sah im Rückspiegel fünf, sechs Männer, die hinter ihnen her sprinteten.

Die Sache mit dem Boot war Jennys Idee gewesen. Und wie sich nun zeigte, war es eine ausgezeichnete Idee gewesen. Für den Fall, daß McCoy und Lucky das Navarra-Grundstück nicht mit dem Lieferwagen verlassen konnten, wollte sie mit einem schnellen, geliehenen Motorboot am Anlegesteg zur Stelle sein.

Doch wo war Jenny?

„Da . . . Das muß sie sein!“ rief McCoy erleichtert, als er einen schnittigen Kabinenkreuzer mit schäumender Bugwelle auf den Bootssteg zurasen sah.

„Gott sei Dank! Als Schwimmer bin ich eine elende Niete!" sagte Lucky mit einem Stoßseufzer der Erleichterung. Und mit unverminderter Geschwindigkeit jagte er den Lieferwagen zum Bootshaus hinunter und auf den Steg.

„Runter vom Gas!" brüllte Mike McCoy entsetzt, als das Ende der Anlegestelle förmlich auf sie zugeflogen kam. „Du sitzt in keinem U-Boot auf Rädern!"

Lucky trat auf die Bremse. Das Heck des Wagens drohte auszubrechen, näherte sich bedenklich dem äußeren Rand des Steges und kam keinen halben Meter vor dem Ende zum Stehen.

„Raus!" McCoy stieß die Tür auf und zerrte Diana aus dem Wagen. Er warf einen Blick über die Schulter. Knapp fünfzig Meter trennten sie noch von ihren Verfolgern. Eine Kugel klatschte neben dem Bootssteg ins Wasser und jagte eine kleine Fontäne in die Luft.

Jenny legte das Boot in eine scharfe Kurve und kam längsseits. Der Kabinenkreuzer hatte noch ein hohes Tempo drauf. Und einen bangen Moment lang befürchteten McCoy und Lucky, das Boot würde nicht rechtzeitig abstoppen und am Steg vorbeischießen. Doch Jenny wußte genau, was sie tat. Zehn Meter vor dem Steg nahm sie das Gas zurück und ließ die Schraube mit voller Kraft rückwärtslaufen. Das Wasser schien zu kochen, und das Boot kam am Steg zum Stehen.

Während Lucky Diana mit Jennys Hilfe ins Boot brachte, feuerte McCoy die Trommel des Revolvers leer. Er jagte die Kugeln vor die Füße der Verfolger in die Erde. Die Männer warfen sich in Deckung.

„Okay, das wär's", murmelte Mike McCoy, schleuderte den leeren Revolver ins Wasser und sprang ins Boot. Sofort schob Jenny den Gashebel nach vorn, und der Bug hob sich aus dem Wasser. Schnell fiel der Landungssteg zurück.

„Träume ich, oder sind wir wirklich noch mal mit heiler Haut davongekommen?" fragte Mike McCoy und sank erschöpft auf die Rückbank.

„Ihr wißt ja gar nicht, was für Sorgen ich mir gemacht habe", sagte Jenny. „Als ich die Schießerei hörte, habe ich schon das Schlimmste befürchtet und über Funk die Polizei alarmiert."

„War alles halb so wild", erklärte Lucky großspurig, nachdem sie sich nun in Sicherheit befanden. „Wir hatten die Situation zu jeder Zeit unter Kontrolle, nicht wahr, Mike?"

Mike McCoy merkte, wie sich die enorme Anspannung in ihm löste. Und ein befreites Lächeln huschte über sein Gesicht. „Mit einem Partner von deinem Format kann so etwas ja gar nicht schiefgehen. Das trifft auch auf dich zu, Jenny. Ohne dich wären wir ganz schön aufgeschmissen gewesen."

Jenny erwiderte sein Lächeln stolz. „Was tut man nicht alles für gute Freunde – und natürlich für eine gute Story –, nicht wahr?"

„Du bist wirklich in Ordnung", lobte auch Lucky sie und fügte gönnerhaft hinzu: „Ich werde dir ein Exklusiv-Interview geben, damit deine Story den richtigen Schwung kriegt."

Mike McCoy lehnte sich auf der Sitzbank zurück, schloß die Augen und hörte nicht auf das, was Lucky mit übersprudelnder Begeisterung von sich gab. Diana war in Sicherheit und der Fall damit gelöst. Nun war es an der Zeit, sich Gedanken darüber zu machen, was er Sergeant Austin erzählen sollte. Das würde ein Exklusiv-Interview ganz eigener Art werden.

Jenny hatte die Polizei schon unterrichtet, und die Streifenwagen waren somit auf dem Weg zur Navarra-Villa. Das war gut so. Der Gangster würde bestimmt nicht weit kommen. Und die Aussagen allein von Diana und Floyd Webster dürften ausreichen, um ihm einen langjährigen Aufenthalt im Gefängnis zu verschaffen. Sergeant Austin hatte also allen Grund, ein Auge zuzudrücken. Im schlimmsten Fall würde er ihn wohl für ein, zwei Tage in eine Zelle stecken, um ihm eine Lehre zu erteilen. Nun, das sollte ihm recht sein. Ein paar Tage in einer kühlen Zelle hatten auch ihre guten Seiten: Dort würde ihm niemand einen Revolver in den Nacken drücken, und kein Mensch würde ihm dorthin unbezahlte Rechnungen nachschikken. Und was konnte er eigentlich mehr verlangen?

Schneider-Buch

München–Wien–Hollywood/Florida USA
Titelfoto Dr. Jochen Müller
Illustration Werner Heymann
Redaktion Sibylle Tietz
ISBN 3 505 08319 4
Bestellnummer 8319